일단, 피폐물

눈맞춤작가단 단편집

KB266423

이 책에는 폭력, 불안, 트라우마 등의 민감한 내용이 포함되어 있습니다.
또한 나오는 인물들은 현실과 연관 없는 가상 인물임을 알립니다.

나비가 날았다

정다연

일단, 피폐물

나는 나비다. 정확히는 내 이름은 나비다.

왜 하필 나비일까, 나는 나비처럼 날고 싶어도 날지 못하는데. 하지만 이제 와서 이런 생각을 해봤자 달라지는 것은 없을 테니 나는 그냥 눈을 감기로 했다.

◎

햇빛 한 점 없는 어두운 오전 6시, 눈을 뜨고 바깥을 보니 눈이 수북하고 방문을 열고 나오니 거실에는 와인병이 가득하다.

– 좀 치우면서 먹지

나는 익숙한 듯이 와인병을 치우고 바닥을 닦았다. 그러곤 학교 갈 준비를 끝내고 아침 일찍부터 집을 나섰다.

오전 7시 20분, 학교에 도착하고 나는 곧장 학교 옥상으로 향했다. 그리고 하늘을 향해 누웠다. 하루 중 가장 평온한 시간이다. 시간은 빠르고도 고요하게 지나갔고, 깜빡 잠에 들었던 나는 시간을 확인하고 급하게 옥상을 내려가 교실로 달려갔다. 교실 문이 열리자, 나에게 향하는 시선, 정말이지 나는 이런 시선을 견딜 수 없다. 금방이라도 토가 나올 것 같은 입을 부여잡고 자리에 앉았다. 주변에서 이런 나의 행동에 키득거리며 비웃었지만 익숙해서 괜찮았다. 하지만 단 한 가지, 평생을 들어도 익숙해지지 않을 목소리가 들렸다.

– 오랜만이다 나비야?

남휘. 성격 털털하고 얼굴도 반반한 같은 반 애였다. 공부도 잘하고 인기도 많아서 전교 부회장도 했던, 나와는 아무 상관 없어 보이는 애. 오늘 남휘가 오는 날이었나. 이럴 줄 알았으면 꾀병이라도 부릴걸, 하다못해 지각이라도 할 걸 그랬다.

– 내가 인사 하잖아. 무시하는 거야?

남휘는 싱긋 웃어 보이며 내 어깨에 손을 올리곤 말했다.

– 미안, 멍때리고 있어서
– 뭐 넌 워낙 맹하니까 이해해 줄게

남휘는 할 말이 더 남아 보였지만 종이 쳤기에 자리로 돌아갔다.

– 왜 이렇게 시끄러워, 다들 자리에 앉아!

　　　일단, 피폐물

담임선생님은 출석부로 목을 두드리며 반으로 들어왔다. 주위를 둘러보던 선생님은 남휘를 보더니 한숨을 쉬며 출석부를 펼쳤다.

- 남휘, 오랜만에 학교 온 거니까 장난치지 말고. 출석 부른다

많은 이름이 불리고 내 차례가 왔다. 나는 늘 내 이름이 불릴 때마다 숨이 막혀오곤 했는데.

- 나비

선생님이 내 이름을 부르자, 반 아이들은 여지없이 웃음을 터트렸다.

- 아 진심, 저 이름은 계속 들어도 웃기네
- 사실은 관심받고 싶어서 개명한 거 아냐?

학기 초에는 그저 짓궂은 농담이라 생각했다. 하지만 이런 말들을 다음날 그다음 날 또 또 그다음 날까지 들으면 농담이라 여겼던 말들도 결국 날카로운 비수로 변한다. 나를 찌르는 건 웃음소리보다도, 아무렇지 않게 던져지는 목소리의 가벼움이었다.

- 나비, 선생님이 부르는데 대답해야지

- …네

- 어휴 목소리도 작아서야 손이라도 좀 높게 들지

지옥 같던 조회 시간이 끝나고 화장실을 가고 있었다. 복도를 걸으며 가고 있는데, 주변에서는 나를 자꾸자꾸 쳐다보았다. 역겹다. 이런 나 자신이 역겨워 참을 수가 없다. 사람 한 명 없는 장소에 도착한다면 꼭 이 역겨움을 토해버릴 것이다.

저 멀리서 남휘가 걸어오고 있었다. 남휘는 오랜만에 학교에 온 탓에 전보다 훨씬 주변에 사람이 많아 보였다. 그저 나를 지나치길 바랐지만, 남휘는 기분 나쁜 불쾌한 웃음을 지으며 내게 다가왔다.

- 점심시간에 뒤뜰로 와, 거기 우리 추억이 많잖아

우리에게 추억이란 게 존재하긴 했었나. 시간은 빠르고도 고요하게 흘러갔고, 무엇 하나 준비한 것도 없는데 야속하게도 점심시간이 되었다. 나는 선생님들의 눈치를 살피며 학교 뒤뜰로 향했다. 우리 학교는 옛날부터 뒤뜰에 꽃을 키우는데, 식물을 좋아하는 내가 학기 초에 꽃 관리를 자진 담당했었다. 뒤뜰은 내게 좋은 장소이기도 했었는데.

- 빨리 왔네

　　　　　　　일단, 피폐물

- 왜 부른 거야

좋은 장소였던 뒤뜰은 이제는 담배 냄새가 지독스레 풍겨왔다. 남휘는 담배꽁초를 무심하게 내가 키웠던 꽃들 사이로 던지곤 다가왔다.

- 나한테 할 말 없어?

내가 말없이 꽃들 사이에 던져진 담배꽁초를 쳐다보자 남휘는 웃음을 터트리며 나를 툭툭 건드렸다.

- 지금 담배꽁초 버렸다고 시위하는 거야? 많이 컸다

말이 끝나자마자 남휘의 발이 내 복부에 닿았고 숨이 밖으로 터져 나왔다. 주변 소음이 멀어지고 땅바닥 냄새가 코를 찔렀다. 격하게 넘어지는 바람에 흙이 입 안에 들어왔다. 짠맛이 나서 이게 피인지 흙인지 구분이 되지 않았다.

- 내가 좋게 대해주려 해도 네가 개같게 만들잖아, 응?

그러곤 머리카락이 한 움큼 잡혔다. 순간, 목이 뒤로 꺾이며 시야가 하얘졌다. 손아귀에서 빠져나가려 해도, 머리카락이 더 세게 조여왔다. 아프다기보다는 숨이 막혀오는 기분이었다.

– 네가 꼰질렀잖아. 그래서 덕분에 출석정지도 당해 보고 고마워서 어쩌냐

한동안 잊고 있었던 기억이 떠올랐다. 내가 남휘를 선생님께 일러바쳤다. 그렇게라도 하지 않으면 정말 못 견딜 것 같아서 석 달 전, 담임선생님께 말씀드렸다. 남휘가 반에 나온 벌레를 잡아 내 옷에 넣은 일, 점심시간만 되면 밥을 못 먹게 나를 청소도구함에 밀어 넣은 일, 내가 화장실에 들어가자 기다렸다는 듯이 변기 물을 뿌린 일 등등 가지각색의 견딜 수 없는 짓들을 전부 말씀드렸었다. 물론 신체 폭력 증거 사진까지 덤으로 드렸더니, 여태까지 무심했던 담임선생님이 처음으로 반응했다. 하지만 그가 받은 처분은 고작 6호 출석정지였다. 나중에 안 사실이지만 담임선생님이 증거 사진을 제출 안 한 탓이 크다고 했다. 담임선생님에게 따지니, 까먹었었다며 변명을 늘어놓았다. 그러곤 남휘는 평소에 착했다며, 네가 같이 논 걸 오해한 것이 아니냐며 되려 따졌다. 그래도 두 달 동안은 남휘가 없으니, 살맛이 났었다. 하지만 오늘, 남휘가 돌아왔다.

 일단, 피폐물

- 네가 잘못했잖아

 남휘의 얼굴이 일그러졌다. 남휘의 주먹 쥔 손이 올라갔고 내 얼굴이 돌아갔다. 나는 그대로 정신을 잃었다.

◎

 학교가 끝났다. 학교를 나왔는데도 여전히 사람들이 나를 보며 수군거린다. 또다시 구역질이 난다. 집에 가는 내내 온몸에 가시가 박힌 것처럼 따가워서 집에 도착한 후 거울을 보니 그냥 맞은 곳에 상처가 난 것이었다. 몸보다는 얼굴이 심각했다. 한쪽 눈은 아무리 뜨려고 해도 떠지지 않았고, 입술은 부어 터져있었다. 그래도 전처럼 몸 전체가 아픈 것보다는 얼굴 하나 아픈 것이 더 낫다고 합리화를 하니 그나마 괜찮아졌다. 오늘은 월요일이니 아직 주말까지는 한참 남았다. 내일도 남휘를 봐야 한다. 입술이 떨리고, 눈물이 맺혔다. 몸이 멋대로 기울었다. 아무리 참으려 해도 숨과 함께 먹었던 것들이 밖으로 밀려 나왔다.

 정신을 차렸을 때는 이미 늦어버린 후였다. 나는 손에 잡히는 대로 바닥을 닦았다. 다행히 어머니가 오기

전에 바닥을 닦았지만, 여전히 더러웠다. 나는 곧장 침대에 누웠다. 모든 것이 다 비참하다. 너무 외롭다. 친구가 필요하다. 나는 더 이상 생각하고 싶지 않아서 눈을 감았다.

다음 날 새벽, 나는 다시 학교 옥상으로 향했다. 여기만이 안전한 공간이었다. 옥상 난간에 앉아 하늘을 바라보았다. 회색빛 하늘, 차가운 바람, 그리고 내 몸 안에 남아있는 상처. 무엇 하나 평화롭지 않은데도 어째선지 편안했다.

— 오늘도 아무도 없네

작게 중얼거렸다. 숨을 고르고, 어젯밤 토했던 기억을 다시 떠올리지 않으려 난간에 기대어 눈을 감았다. 바람이 내 머리칼을 스쳤다.

— 죽으려고?

낯선 목소리. 그렇지만 어딘가 익숙한 듯, 아주 오래전부터 알던 것 같은 느낌. 눈을 떴다. 옥상 한쪽, 그 남자가 서 있었다. 키가 크고, 얼굴은 어두워 가려져 있었지만, 그 꺼림직한 시선은 분명 나를 향하고 있었다.

- 뭘 그렇게 놀라

- 누구세요?

남자는 대답 대신 피식 웃음을 지어 보였다. 썩 기분 좋은 웃음은 아니었다.

- 그건 중요하지 않고, 너 죽으려고 왔냐고

- 아뇨, 그 죽으려는 건 아닌데…

- 그럼?

- 그냥, 바람 쐬러요

- 새벽부터?

- 이 시간엔 아무도 없으니까…

남자는 잠시 나를 바라보다가, 내 옆 난간에 기대었다. 나는 마치 이 모든 것이 다 꿈인 것만 같아서 입술을 잘근잘근 씹었다.

- 그럼, 그쪽은 왜 여기 왔어요, 이 시간에 사람 잘 안 오는데

- 글쎄? 그게 뭐든, 너랑은 상관없을 거야

그는 그렇게 말하곤 옥상 끝으로 걸어갔다.

- 앞으로도 종종 보자

　그리고 마치 그는 처음부터 없던 것처럼 사라졌다. 남은 건 바람뿐이었다.

　그날 이후, 이상하게 잠이 잘 오지 않았다. 눈을 감으면 그 남자의 목소리가 자꾸 떠올랐다. 갑작스럽게 나의 유일한 안식처를 침범한 남자, 하지만 싫지는 않았다. 학교에서는 여전히 똑같았다. 오늘은 남휘가 유난히 기분이 좋아 보였다. 아침부터 친구들이랑 떠들썩하더니, 쉬는 시간에 내 쪽으로 걸어왔다.

　- 나비야, 너 요즘 말랐더라

　그러곤 종이컵을 내밀었다. 그 안에서 꿈틀거리는 게 보였다. 남휘는 피식 웃으며 종이컵을 내 책상 위에 올려놨다. 안에는 반쯤 썩은 밥 덩이랑 그 위로 하얀 구더기들이 기어다니고 있었다.

　- 내가 널 위해서 준비한 특식이야, 고맙지?

　나는 고개를 숙였다. 구역질이 올라왔기 때문이다. 올라오는 것을 다시 삼켰다. 토하면 분명 웃을 테니까.

　- 내가 준비했다니까?

　남휘는 내가 대답하지 않아도 화를 내지 않았다. 다만, 눈을 빛내며 종이컵을 내 입에 가져다 댔다.

　　　　　일단, 피폐물

- 먹어야지
- 지금?
- 그럼, 언제 먹게
- 지금은 배가 안 고파서…

남휘는 계속 거절하는 나를 보며 조용해지더니, 종이컵을 기울여 구더기들을 내 책상에 쏟았다. 역겨운 냄새가 퍼졌다. 아이들은 비명을 지르며 손으로 입을 막았다. 하지만 그건 그냥 비명이 아니라, 즐거움이 섞인 비명이었다. 나는 결국 참을 수 없어 자리에서 일어났다. 하지만 남휘는 내 팔을 잡곤 다시 앉혔다.

- 도망가면 재미없잖아

내 얼굴을 구더기가 가득한 책상 쪽으로 밀었다. 코끝에 썩은 냄새가 스며들었다. 목구멍이 저절로 조여왔다. 웃음소리는 점점 커졌고, 누군가는 핸드폰을 꺼내 카메라를 켰다. 남휘가 눈을 가늘게 뜨며 말했다.

- 이거 먹으면 오늘은 안 건든다고 약속할게

그 말에 나는 눈을 감았다. 입을 살짝 열자, 차가운 것들이 혀끝에 닿았다. 씹지 못했다. 그저 삼켰다. 목을 타고 넘어가는 감촉이 남아있었다. 교실은 조용해졌다. 누군가가 "진짜 먹었어"하고 웃음을 터트리자,

반 아이들이 하나같이 웃음을 터트렸다. 누군가는 토하는 시늉을 하기도 하였다.

– 진짜 먹으면 어떡해

남휘는 나를 경멸하듯 쳐다보았지만, 분명 입은 웃고 있었다. 그리고 남휘는 정말로 약속을 지켰다. 그래서인지 더욱 비참해졌다. 점심시간이 되자, 나는 조용히 교실 밖으로 나왔다. 아까의 아이들 모습이 눈앞에 아른거려 고개를 숙인 채 걸음을 재촉했다. 걸으면 걸을수록 목에 이물감이 느껴졌다. 옥상 문 앞에 섰다. 손잡이에 손을 올리니 금속이 차가웠다. 한순간, 손끝에 힘이 빠졌다. 열지 말까 하는 생각이 들었다. 하지만 곧, 나는 문을 밀었다. 낡은 문이 끼익 소리를 내며 열리고,

바람이 한꺼번에 밀려들었다. 페인트 냄새와 녹슨 철제 냄새, 그리고 겨울 냄새가 섞여 있었다. 눈을 감았다가 다시 떴다.

– 또 왔네

그 남자는 또 난간에 기대 서 있었다.

– 이 학교 학생이에요? 왜 이 시간에도…

 일단, 피폐물

- 학생 같은 게 아니야. 그래서 여기 있는 걸 들키면
안 돼

그 말에 잠시 당황해서 대답하지 못했다. 내 발끝만
바라보다가, 다시 한번 남자를 바라보았다.

- 여긴 자주 와요?

내가 조심스레 물었다. 남자는 잠시 생각하듯 고개
를 기울였다.

- 가끔. 근데 너처럼 매일 오진 않아
- 저는 그냥…
- 도망치기엔 괜찮은 곳이지

그는 그렇게 말하고, 난간 아래를 바라보았다.

- 도망이라기보다, 그냥 숨는 거예요

나도 모르게 변명이 나왔다.

- 숨는 것도 도망이야

남자는 단호하게 말했다. 하지만 이상하게, 그게 비
난처럼 들리진 않았다. 나는 괜히 웃었다.

- 그래도 여기 있으면, 조금은 편해요

옥상에 바람이 불었다. 겨울 냄새가 또다시 코끝을 스쳤다. 그는 가볍게 숨을 내쉬었다.

- 지금 점심시간 아니야? 밥 안 먹어?

그가 물었다. 나는 아까 전의 일이 떠올랐다.

- 그냥요. 밥맛도 없고
- 밥맛이 없는 날은 많지

그는 나를 잠시 바라보다가, 어깨를 으쓱했다.

- 근데 그게 계속되면, 결국 사라지더라

그 말에 가슴이 조금 저릿했다. 사라진다는 말이, 무엇을 의미하는 건지 알 것 같았다.

- 너는 아직 괜찮아 보여
- 괜찮지 않아요
- 그래도 괜찮은 척은 하잖아. 그게 참 대단한 거 같아

바람이 불었다. 난간에 붙은 먼지가 흩날렸다.

        일단, 피폐물

- 언젠가 알게 될 거야

- 뭘요?

그는 고개를 돌리지 않은 채로 말했다.

- 이곳이 제일 솔직한 곳이라는 걸

남자는 다시 사라졌다. 나는 한참을 난간에 기대 서 있었다. 몸이 이상하게 가벼웠다. 그의 말이 자꾸 귓가에서 맴돌았다. 누가 처음으로 내 마음을 알아준 기분이었다. 낯설었지만 아까 전부터 목에 남아 있던 이물감이 더 이상 느껴지지 않았다. 점심시간이 끝나고 교실로 돌아왔을 때, 모두가 아무 일도 없었던 것처럼 떠들고 웃었다. 아까의 일은, 마치 꿈처럼 사라진 상태였다.

누군가가 여전히 나를 흘끗 보며 아까의 일을 비웃었지만, 이제는 신경이 쓰이지 않았다. 그저 머릿속엔 그 남자의 목소리만이 남아 있었다.

이곳이 제일 솔직한 곳이라는 걸

그 말이 자꾸 떠올라서, 나는 수업 내내 창밖만 바라봤다. 겨울 햇살이 유리창을 뚫고 들어와 내 손등을 비췄다. 얼마 만에 느껴보는 따뜻함이었다. 하지만 그게 햇살 때문인지, 그 남자의 말 때문인지는 알 수 없었다.

　- 나비, 수업 시간에 멍때리지 말고

　선생님이 툭 내 이름을 부르자, 반 아이들이 또다시 킥킥거렸다. 이름이 부를 때마다 온몸이 굳었지만, 이상하게 예전만큼 머리가 아프지 않았다. 어딘가가 멍했다. 그 남자가 내 안의 뭔가를 건드린 것 같았다. 그래서였을까, 그때는 남휘가 날 어떤 눈빛으로 보고 있었는지 몰랐다. 알았었다면 무언가 달라졌을지도 모르는데. 그리고 그날, 남휘는 선생님에게 불려 갔다.

◎

　나는 매일 옥상으로 갔다. 그 남자는 언제나 거기 있다. 마치 내가 오기를 기다린 사람처럼. 그와 있을 때만큼은 세상이 잠시 멈춘 것 같았다. 누군가 처음으로 나를 바라봐주는 기분이다. 그의 이름은 여전히 모른다. 이름이 없어도 괜찮다. 오히려 비밀 친구가 생긴 것 같아서 좋았으니까. 옥상에 있으면 억지로 웃는 것도 아닌데, 입꼬리가 저절로 올라갔다. 누군가와 말을 나눈다는 게 이렇게 따뜻한 일이었나 싶다. 남자는 언

　　　　　　일단, 피폐물

제나 같은 자리, 옥상 난간에 서 있다. 요즘은 학교 가는 게 싫지 않다. 하지만 여전히 반으로 가는 것은 두렵다.

펜을 내려놓았다. 방금까지 쓴 글씨가 빼곡하게 쓰인 일기장을 찢어 종이비행기를 접었다. 그러곤 난간을 향해 날렸다. 종이비행기는 학교 운동장 위를 떠다니다가 서서히 추락하더니 나무 사이로 사라졌다. 사라져 가는 비행기를 나는 멍때리며 바라보았다.

– 기껏 쓴 걸 왜 날려?

남자는 내 옆에 풀썩 앉곤 언제나처럼 내게 질문했다.

– 오늘은 왜 왔어?
– 똑같아요. 여기가 가장 편해요
– 요즘은 꽤 괜찮아 보이네
– 그쪽 덕이죠, 뭐

나와 남자는 하늘을 바라보며 담소를 나눴다.

– 너는 꿈이 있어?
– …전, 날고 싶어요. 자유롭게
– 그거 참 좋은 꿈이네

시간은 꽤 빠르게 지나갔다. 어느덧 학교 종이 울리고 옥상 아래에서 아이들의 목소리가 들려왔다. 나는 바지를 털며 자리에서 일어났다. 오늘은 반으로 향하면서 다른 사람의 시선을 의식하지 않았다. 교실 문을 열자, 아이들이 웅성거렸다. 나를 보며 수군거리는 것은 익숙했었지만 이번에는 무언가 달랐다. 누군가 내 책상에 기대어 있었다. 남휘였다. 하지만 남휘는 어제와 다르게 웃고 있었다. 어쩐지, 평소보다 부드럽게.

- 나비야

목소리가 낮았다. 남휘의 손이 내 어깨 위로 올라갔다. 나는 반사적으로 몸을 웅크렸다.

- 내가 요즘 많이 심했지, 미안해

순간 귀를 의심했다. 남휘가 사과한다니. 반 아이들은 나와 달리 별다른 반응을 보이지 않았다. 누군가는 헛기침하고, 누군가는 휴대전화를 만지작거렸다. 나는 벙쪄서 말없이 고개만 끄덕였다.

- 사과 받아주는 거지? 앞으로 잘 지내보자

남휘는 그렇게 말하곤 내 어깨를 툭 치며 지나갔다.

　　　　　　일단, 피폐물

수업 시간, 담임선생님이 나를 힐끗 보더니 말했다.

– 요즘 나비가 수행평가도 잘하고 글도 꼼꼼하게 써 오더라. 아주 좋아

순간 반 아이들이 일제히 나를 바라보며 손뼉을 쳤다. 비웃음이 담기지 않은 박수였다. 담임선생님은 분명 나를 싫어하는 줄 알았는데. 그냥, 이상했다. 점심시간. 교실 한쪽에서 누가 조심스레 내 이름을 불렀다. 그 목소리는 작고 흔들렸지만, 분명 나를 향해 있었다.

– 구더기 때 일은 미안했어. 막아주지 못해서…

나는 순간, 고개를 들지 못했다. 그 말이 내게 닿는 순간에 머릿속 어딘가에서 오래된 소음이 다시 재생되는 것 같았다. 그날의 기억이, 누군가의 웃음소리, 발소리, 그리고 내 이름을 부르던 조롱들. 모든 게 한꺼번에 다시 기억났다. 대답해야 한다는 걸 알았지만 입이 열리지 않았다. 억지로 입꼬리를 들어 올렸다. 웃는 게 예의일 것 같아서. 입술은 굳어 있었고, 입안은 모래처럼 메말랐다. 그럼에도 웃었다. 그 아이는 잠시 나를 바라보다가,

– 이거, 맛있어. 먹어봐

내게 사탕을 건넸다. 조금은 달콤한 냄새가 났고, 손의 온기가 사탕으로 전해졌다. 살짝 녹아내리는 느낌이 들었다. 그런데 이상하게도 그 따뜻함이 오래 머물지 않았다. 오히려 그 온기를 느끼는 동시에, 옥상의 바람이 떠올랐다. 그 바람은 차가웠고, 깨끗했다. 세상 모든 소리가 멀어지는 그곳의 공기. 그런 공기에만 있었던 나에게 이런 달콤하고 따뜻한 온기는 낯설고 이상하다. 오늘은 참 이상한 하루인 것 같다.

집에 돌아오자, 부엌에서 달그락달그락하는 소리가 들렸다. 식탁 위에는 반찬이 가지런히 놓여 있었다. 오랜만에 따뜻한 음식이 놓여 있었다. 계란말이의 노란색이 유난히 선명했고, 국에서는 김이 올랐다.

– 선생님께 들었어, 전교 상위권이라고

어머니는 식탁 위 반찬을 정리하며 말했다.

– 앞으로도 이렇게만 하자. 우리 나비는 할 수 있지?

어머니는 정말 알다가도 모르겠다. 이혼하시고 난 이후부터 쭉 이래왔다. 공부를 잘하셨던 어머니는 나 또한 공부를 잘하길 바라셨고, 이혼한 것도 내 성적이 떨어졌기 때문이라고 하셨다. 그래서 매일 나와 눈 마

 일단, 피폐물

주치는 것조차 싫어했다. 하지만 오늘처럼 꼭 내가 성적이 높아지는 날에는 정성을 들인 저녁밥을 해주곤 했다.

– 너 요즘 성적도 오르고, 태도도 아주 좋아졌다더라

그 말은 칭찬처럼 들렸지만, 이상하게 숨이 막혔다. 어머니의 미소는 따뜻한 대신, 너무 반듯했다. 흐트러짐이 없었다. 마치 사랑조차 계획된 것처럼. 나는 숟가락을 들었다. 식탁 위의 음식은 반짝였다. 계란말이는 노랗고 부드러워 보였다. 하지만 입안에 넣자, 맛이 느껴지지 않았다. 그저 따뜻할 뿐이었다.

– 학교에서 괴롭힘을 당한다기에 걱정이었는데, 요즘 학교폭력 근절? 뭐 그런 것도 한다며

어머니는 젓가락을 내려놓으며 덧붙였다.

– 이제 그 이상한 시기, 다 지난 거지?

그 말에 순간 손이 멈췄다.

– 무슨 시기요?
– 네가 괜히 방에만 틀어박혀 있던 거

어머니는 웃었다.

- 그땐 엄마도 마음이 아팠다니까? 네가 자꾸 망상하고 그러니까

어머니는 내가 다시 '괜찮은 아이'가 되었음을 확인하고 싶어 하는 것 같다.

- 이젠 괜찮아요

식사가 끝나자, 어머니는 그릇을 씻으며 말했다.

- 엄마는 네가 이렇게만 해주면 돼, 그러면 엄마도 힘든 일 없을 것 같아

그 말이 이상하게 가슴에 남았다.

해주면 돼

나는 언제부터 어머니에게 무언가를 해주는 존재가 되었을까. 방으로 들어와 문을 닫자, 싱크대에서 물이 떨어지는 소리가 들렸다. 규칙적이었고, 어쩐지 안정적이었다. 그 규칙이 너무 완벽해서 오히려 불안했다. 귀를 막아도 들렸고 이불을 뒤집어써도 들렸다. 오늘 하루 남휘의 목소리와 초콜릿을 나눠주던 손, 선생님의 칭찬이 머릿속에서 재생되었다. 미쳐버릴 것 같다.

 일단, 피폐물

오늘따라 너무나도 이상한 날이다. 차라리 꿈인 게 나을 정도로.

다음 날 새벽, 다시 옥상으로 향했지만 남자는 보이지 않았다. 고개를 들었다. 하늘은 맑았다. 그런데 그 맑음 속에, 눈에 보이지 않는 균열이 있었다.

– 오늘은 왜 안 보이지…

아쉬운 마음을 뒤로 한 채 반으로 돌아갔다. 아직 새벽인 탓에 교실은 불이 꺼져 있고 고요했다. 너무나도 조용해서 엎드리니 잠이 들었다. 잠시 후, 북적이는 소리에 눈을 뜨니 어느덧 시간은 오전 8시 30분. 주변에 반 아이들이 많아졌지만, 전처럼 나를 괴롭히려는 아이들은 없었다. 하루아침 만에 상황이 바뀌니 적응조차 안 돼서 어색했다. 아무나 설명을 해주면 좋으련만. 누구도 나를 밀치지 않았고, 욕설도 사라졌다. 가장 변한 것은 남휘이다. 나만 보면 책상을 발로 차거나 이상한 것들은 가져와 먹으라고 시켰는데, 요즘은 나를 건들지 않을 뿐만 아니라 묘하게 친절했다.

점심시간, 남휘가 먼저 말을 걸었다.

– 나비야, 축구하자. 너도 좀 뛰어봐

그 말이 진심처럼 들렸다. 순간, 머리에 목소리가 울

렸다.

그건 함정이야

나는 모른 척했다. 함정일 리가 없다. 단지 내 착각일 뿐이다. 남휘는 정말로 나한테 반성한다고 했잖아. 운동장에 나가 햇빛을 받으며 뛰는 동안, 모든 게 조금씩 괜찮아질 것 같은 생각이 들었다.

- 야 나비! 너 은근히 잘하는데?

남휘는 웃으면서 내 등을 쳤다. 불과 사흘 전까지만 해도 남휘는 교쾌한 미소를 지으며 장작으로 등을 때렸다. 그래서 이 순간이 꿈만 같아서 눈을 천천히 감았다 떠보았지만 현실이었다. 하지만 뛰던 도중 눈을 감았다 뜨는 바람에 모래에 미끄러져 넘어졌다. 그러자 남휘가 뛰어와 내게 손을 내밀었다.

- 괜찮아? 조심 좀 하지.

순간 '내가 저 손을 잡아도 되는 걸까'라는 의문이 들었다. 남휘는 어서 잡으라며 재촉하듯 손을 흔들었다. 결국 나는 남휘의 손을 잡고 일어났다.

[찰칵]

◎

일주일이 지났다. 오늘도 여느 때와 같은 하루를 보냈다. 요즘 학교에 가면 반 아이들이 나를 반갑게 맞이해준다. 처음에나 어색했지, 지금은 꽤 익숙해졌다. 반 아이들이 나를 더 반갑게 맞이할수록 내가 옥상을 가는 횟수가 점차 줄어들었다. 요즈음 너무 행복해진 것 같다. 나는 집에 도착하자마자 피곤함에 침대로 뛰어들고 전등을 껐다. 눈이 서서히 감길 때쯤 휴대폰이 진동했다. 처음엔 무시했다. 하지만 짧은 떨림이 몇 번이고 반복되었다.

핸드폰 화면을 켰다.

반 단체 대화방.

읽지 않은 메시지가 수십 개였다. 처음엔 그냥 시시한 농담이었다. 그러다, 화면을 스크롤하는 순간 내 이름이 보였다.

[OOO] 근데 요즘 나비 살맛 났더라 ㅋㅋ

[OOO] 그니까 막 겁나 웃던데

[OOO] 요즘 너무 나대지?

순간 손이 굳었다. 눈을 깜빡여도, 글자들은 사라지지 않았다. 화면 위로 흘러가는 'ㅋㅋㅋ'의 줄이 마치 나를 베는 선처럼 이어졌다. 오늘 학교에서만 해도 나를 반기던 아이들은 한순간 사라진 것만 같았다. 그 순간 채팅창이 멈추더니, 화면에 강제 퇴장을 당했다는 메시지가 떴다. 세상이 멈춘 듯 조용해졌다. 그러곤 눈이 감겼다.

눈을 뜨니 해가 밝았다. 어젯밤 일이 너무나도 생생해서 급하게 메시지 창을 켜보니, 나는 여전히 대화방에 들어와 있었다. 나에 대한 욕도 없었다. 어젯밤 일이 그저 꿈이라는 생각에 안도의 한숨과 함께 몸에 힘이 풀렸다. 꺼림직한 마음을 뒤로 한 채 나는 학교로 갔다. 교실에는 여전히 웃음이 가득했고, 나에게 말을 거는 아이들이 있었다.

– 야, 나비, 이번 시험 잘 봤다며? 대단하네
– 자리 바꿔줄게, 창가 추워서 싫지?

아이들의 말은 부드러웠다. 마치 그동안의 모든 일이 없었던 것처럼. 그들의 표정엔 진심처럼 보이는 미소가 걸려 있었다. 그 웃음이 너무 자연스러워서, 나도 한동안은 믿게 되었다. 어쩌면 정말로 변한 걸 수 있을지도 모른다고. 그래서 더 이상 의심하지 않으려 했다.

 일단, 피폐물

그래야 조금이라도 편하게 숨 쉴 수 있었으니까. 그렇게 며칠이 더 지났다. 하지만 그 평온은 너무 일정해서 오히려 불안했다.

그날도 점심시간이었다. 창문 너머로 햇빛이 반쯤 기울여 들어오고 있었다. 교실 안에서는 누군가 웃었고, 햇살이 창문을 통해 들어왔다. 평범하고 조용한 오후. 하지만 그때, 이상한 게 눈에 들어왔다. 칠판 옆, 화분 뒤. 조그마한 검은 점 하나. 처음엔 먼지인 줄 알았다. 그런데 그것이 아주 규칙적으로 깜빡였다.

빨간 불빛. 렌즈였다.

그 불빛이 내 시선을 붙잡았다. 눈을 떼지 못했다.

- 나비, 뭐 보고 있어?
- 화분 뒤에 저거… 뭐야?

나도 모르게 입 밖으로 새어 나왔다. 그 순간 주변의 소음이 사라졌다. 식은 공기가 교실을 덮었다. 몇몇 아이들은 서로를 쳐다보았다. 누구도 대답하지 않았다. 아무 말도 없는 정적 속에서, 의자 끄는 소리가 유난히 크게 울렸다. 남휘였다. 남휘는 천천히 자리에서 일어나 걸어갔다. 걸음 하나하나가 기분 나쁘게 일정했다. 남휘의 손이 화분으로 향했다. 화분을 살짝 밀어내자, 렌즈가 완전히 드러났다. 남휘가 히죽 웃었다.

– 모르고 있었어? 다 연기였는데

나에게 성큼성큼 걸어와 카메라를 들어 올렸다. 렌즈가 내 얼굴을 정면으로 향했다.

– 학교를 위해서, 한마디 해봐

남휘는 따듯했던 미소는 사라지고 잊고 있었던 교활한 미소를 지으며 말을 덧붙였다.

– 피해자였던 입장에서

남휘가 한 발 더 다가왔다. 렌즈가 눈앞으로 다가왔다. 숨결은 닿을 만큼 가까웠다. 내가 뒷걸음을 칠수록 카메라는 더욱 가까이 왔다.

– 야, 그냥 웃기라도 해

남휘의 말투는 부드러웠지만, 그 안엔 뭔가 섞여 있었다. 억눌린 웃음, 짜증, 그리고 지루함.

– 우리가 이렇게 잘해주잖아, 학교도 이걸로 상 받을 거라더라

그 말에 아이들이 그제야 참았던 웃음을 터뜨렸다. 그 웃음소리는 높고 얇았다.

　　　　일단, 피페물

- 표정이 왜 그래? 정말로 몰랐던 눈치다?

남휘는 내 머리를 가볍게 툭툭 치며 말했다.

- 우리 학교가 이번에 학교폭력 근절 캠페인 모델로 뽑혔대

그러더니 남휘가 무심하게 툭, 무언가 바닥에 던졌다. 내 시선이 아래로 향했다. 피가 식는 기분이었다. 남휘가 던진 것은 아마 며칠 전, 내가 옥상에서 쓴 일기를 찢어 만든 종이비행기였다.

- 내용 보니까 옥상에서 누굴 만났다는 거 같은데. 딱 학교폭력 피해자 같잖아. 같잖은 망상하는 게

그 순간, 내가 믿었던 모든 것이 뒤집혔다. 그들의 친절, 도시락, 초콜릿, 따뜻했던 말들. 모두 카메라를 위한 연기였다. 학교폭력 근절 캠페인. 우리 반은 학교의 '모범 반'을 보여주기 위한 모델이었고, 나는 그 영상 속 '회복된 피해자' 역할이었다. 그 뒤에서 누군가 툭, 내 어깨를 건드렸다. 또 다른 누군가가 낮게 웃었다.

- 웃어. 그래야 멋있잖아
- 피해자가 웃어야, 감동이 되지

- 이거 다 찍히고 있어, 나비야

순간, 교실이 윙윙 울리기 시작했다. 누군가가 웃었고, 또 다른 누군가가 따라 웃었다. 웃음소리들이 얇고 단단하게 겹쳤다. 점점 커졌다. 귓속 깊은 곳까지 들어왔다. 머리가 터질 만큼 너무나도 깊게 들어왔다.

웃어 웃어 웃어 웃어 웃어 웃어 웃어 웃어 웃어 웃어 웃어
웃어 웃어 웃어 웃어 웃어 웃어 웃어 웃어 웃어 웃어 웃어
웃어 웃어 웃어 웃어 웃어 웃어 웃어 웃어 웃어 웃어 웃어
웃어 웃어 웃어 웃어 웃어 웃어 웃어 웃어 웃어 웃어 웃어
웃어 웃어 웃어 웃어 웃어 웃어 웃어 웃어 웃어 웃어 웃어
웃어 웃어 웃어 웃어 웃어 웃어 웃어 웃어 웃어 웃어 웃어
웃어 웃어 웃어 웃어 웃어 웃어 웃어 웃어 웃어 웃어 웃어

나는 숨을 쉬려 했다. 하지만 공기가 없었다. 내가 있는 곳은 어딘가 깊은 물 속 같았다. 소리만 들렸다.

그리고, 나는 웃었다. 억지로. 입술이 갈라질 만큼. 턱이 아플 만큼. 눈가가 떨릴 만큼. 남휘는 카메라를 내리며 말했다.

- 봐, 이렇게 해야 감동이지

그 순간, 내 안에서 무언가가 완전히 꺼졌다. 웃고 있는 내 얼굴이 낯설었다. 그건 내 얼굴이 아니었다.

　　　　　　　일단, 피폐물

내가 살아 있던 증거도 아니었다. 그건, 누군가가 만들어낸 '모범 피해자'의 얼굴이었다. 믿었던 모든 것이 한순간에 무너진 것 같았다. 아이들은 흩어졌다. 교실은 다시 평범해졌다. 그저 아무 일도 없었던 것처럼. 나는 마지막으로 붙잡았던 희망에게 끔찍하게도 배신당했다. 처음부터 믿지 말걸.

◎

촬영물이 학교 공식 계정에 올라갔다. 학교 공식 계정에 올라온 지 하루 만에 조회 수가 몇천을 넘겼다. 제목은 〈우리 반의 변화〉. 섬네일 속, 나는 웃고 있었다. 조명 아래에서, 억지로 만들어낸 미소.

– 피해자였던 학생도 이렇게 밝아졌습니다

영상 속 나레이션이 내 이름을 부를 때마다, 속이 비틀렸다. 댓글에는 '감동적이다', '역시 우리 학교 자랑이다' 같은 말들이 달렸다. 사람들은 믿는 것 같았다. 내가 진짜 괜찮아졌다고.

그날 이후로 더 이상 나를 촬영하던 카메라는 보이지 않았고 교실은 다시 평소처럼 시끄러워졌다. 아니,

평소보다 더 시끄러웠다. 영상에서 내 얼굴은 모자이크 되어있었지만, 우리 학교 애들은 나인 것을 단번에 알 수 있었다. 그래서였을까. 전보다 더 끔찍하게 나를 괴롭혔다. 급식실에서 저번처럼 먹어보라며 구더기를 급식 판에 쏟았고 내 노트를 찢었다. 그 노트엔, 내가 공부하려고 적어둔 단어들이 빼곡히 있었다.

집에 돌아가도 다를 건 없었다. 어머니는 다시 점점 말을 잃어갔다. 대화는 짧았고, 목소리는 차가웠다.

— 성적이 왜 이래? 너 요즘 대체 뭐하니?

그날 밤, 어머니는 내 방에서 핸드폰을 가져갔다. 다음 날엔 침대까지 치웠다.

— 공부 안 할 거면 누워 있지도 마

바닥에는 얇은 이불 하나뿐이었다.

학교는 점점 낯설어졌다. 교실 문을 열 때마다, 누가 나를 기다리고 있을지 몰랐다. 어떤 날은 책상이 창문 밖으로 던져졌고, 어떤 날은 책가방이 화장실에서 젖은 채로 발견됐다. 체육 시간에 운동장 한가운데서 누군가 내 가방을 던졌다. 지퍼가 터지며 노트와 필통, 책이 흩어졌다. 하얀 종잇조각들 사이로, 일기장 한 장이 섞여 있었다. 찢어진 모서리, 구겨진 종이, 그 위에

 일단, 피폐물

남은 한 줄.

남휘가 그걸 집어 들었다. 손가락으로 종이를 펴보며, 입꼬리를 올렸다.

– 이거 아직도 써? 감성충이야?

그러고는 그 종이를 구겨서 던졌다. 공처럼 내 가슴에 부딪혔다.

– 아, 저번에 옥상에서 혼잣말하던데. 감성충이 아니라 망상충인거 아냐?

나는 아무 반응도 하지 않았다. 그냥, 구겨진 종이를 주워 주머니에 넣고 그 자리를 떠났다. 그날 밤, 집에 돌아오자, 어머니는 이미 잠들어 있었다. 식탁 위에는 찬밥조차 남아 있지 않았다. 벽시계 초침이 너무 크게 들렸다. 나는 방 안에 앉았다. 핸드폰도, 침대도, 다 사라진 방. 벽에 기대앉아, 구겨진 종이를 펴봤다. 글씨가 번져 있었다. 잉크가 눈물에 섞인 건지, 땀인지, 이제 구분이 안 됐다. 나는 그런 종이를 바라보며 내 꿈을 떠올렸다. 동시에 옥상을 떠올렸고 결심이 섰다.

비가 내렸다. 오늘은 주말이었다. 아침부터 내리던

빗소리가 하루 종일 멈추지 않았다. 창문 틈새로 스며든 물방울이 벽지를 적셨고, 방 안은 눅눅한 냄새로 가득했다. 어머니는 출근했고, 집엔 아무도 없었다. 전화도, 메시지도, 아무것도 오지 않았다. 밖은 잿빛이었다. 창밖을 바라보니 빗줄기 사이로 학교 건물이 흐릿하게 보였다. 옥상 철문이 희미하게 떠올랐다. 그곳엔 언제나 바람이 있었다. 그 바람 속에서, 그 남자가 있었다.

나는 우산을 들지 않았다. 발끝이 물을 밟을 때마다 찰박 소리가 났다. 비가 몸을 때렸지만, 따뜻하지도 차갑지도 않았다. 그냥, 있었다.

학교는 조용했다. 휴일이라 교문은 닫혀 있었지만, 뒷문은 늘 그렇듯 반쯤 열려 있었다. 나는 아무 생각 없이 그 안으로 들어갔다. 복도엔 불이 꺼져 있었다. 아무도 없는 학교에서 조용히 빗소리가 들려오자, 어딘가 마음이 편안해졌다.

옥상으로 올라가는 계단은 미끄러웠다. 계단 한 칸, 한 칸을 올라가며 내 꿈을 다시금 떠올렸다. 나는 자유롭게 날고 싶었다, 내 이름처럼. 손잡이를 짚으며 올라가던 중 어디선가 그 목소리가 들렸다.

 - 왔구나

          일단, 피폐물

그 남자였다. 남자는 난간 옆에 서 있었다. 비는 계속 내렸지만, 남자의 몸은 젖지 않았다. 남자는 웃고 있었다. 그 웃음은 따뜻했다. 하지만 이상하게, 그 따뜻함이 공허했다. 남자는 내게 오랜만이라며 묻지 않았다.

- 왜 여기 있어요?

내 목소리는 거의 들리지 않았다. 남자는 잠시 고개를 숙였다.

- 너 보러 왔지
- 왜요?
- 너도 알고 있잖아

바람이 불었다. 들고 왔던 일기장 조각이 바람을 타고 빛 하나 없는 하늘 아래에서, 마치 살아 있는 것처럼 흔들리며 사라졌다. 비는 멈추지 않았다. 하늘과 땅의 경계가 흐려지고, 세상은 회색의 안개 속에 잠겨 있었다.

옥상 난간은 물기로 젖어 미끄러웠고, 구겨진 운동화 끝에 고인 빗물이 떨어졌다. 그가 내게 물었다.

- 너는 날 수 있을까?

나는 대답하지 못했다. 이제야 조금 알 것 같았다. 나는 날 수 없을 것이다. 내 꿈은 나비처럼 나는 것이지만, 날지 못한다. 비가 얼굴을 덮었다.

– 도전이라도 해봐야지

그래, 도전이라도 해야 한다. 젖은 바닥을 밟을 때마다 신발이 미끄러졌다. 바람은 옷자락을 세게 끌어당겼지만, 이상하게도 아무 감각이 없었다. 우리는 나란히 난간에 걸터앉았다. 머리카락이 젖어 목덜미를 타고 흘렀다. 바닥은 멀고, 하늘은 가까웠다.

– 이제, 다 괜찮을 거야

그의 목소리는 부드러웠다. 그 말이 무슨 뜻인지 알고 싶지도 않았다. 그냥 듣는 것만으로도 조금은 편안했다. 나는 조용히 물었다.

– 진짜로요?

그는 대답 대신, 손을 잡았다. 심장이 묘하게 고요해졌다. 손끝에서, 그의 온기가 느껴졌다. 그리고 모든 게 가벼워졌다. 내 눈에 눈물이 고였다. 누군가 그의 말을 대신 해주었다면, 그를 대신하여 나에게 손을 내밀어주었다면. 이런 꿈 따위는 안 꾸었을 텐데.

 일단, 피폐물

나는 나비다. 정확히는, 내 이름이 나비다. 왜 하필 나비일까. 나는 나비처럼 날고 싶어도 날지 못하는데. 이제 와서 이런 생각을 해봤자 달라지는 것은 없을 테니 나는 그냥, 눈을 감기로 했다.

나는 끝내 나비처럼 날지 못했다.

정다연 작가의 말

　요즘 뉴스를 켜면 청소년 자살 소식이 유난히 자주 보인다. 나는 계속 같은 생각을 하게 되었다.

분명 아직 하고 싶은 것도 많고, 꿈도 있을
텐데… 왜 그런 선택을 했을까?

　이 질문은 처음에는 단순한 호기심이었지만, 어느 순간부터는 정말 진지하게 생각이 되었다. 나는 조심스러웠지만, 그 이유를 감히 상상해봤다.

　이들은 어느 순간 아무도 자신을 이해해주지 않는다는 절망에 맞닥뜨렸고, 그 빈자리 끝에 죽음이라는 극단적인 선택이 '마지막으로 자신을 들어주는 존재'처럼 느껴졌을지도 모른다고.

　그렇게 떠올랐던 생각이 바로 이 작품의 씨앗이 되었다. 소설 속에 등장하는 '옥상 위 남자'는 갑자기 나타난 것처럼 보이지만, 이야기 곳곳을 천천히 들여다보면 결국 주인공 나비의 상상 속에서 만들어진 인물이라는 것을 알 수 있다. '옥상 위 남자'는 나비에게 누구도 해주지 않았던 말들을 해준다. 그러면서도 나비를 다시 살아가게 하려 하지 않는다. 이유는 간단하다. 그는 결국 살아 있는 존재가 아니라, 나비의 마음 속 상처가 만든 그림자이기 때문이다. 이 소설은 청소년들의 마음이 얼마나 섬세하고, 동시에 얼마나 외로워질 수 있는지 보여주기 위한 이야기다. 우리는 종종 아이들이 강하다고 착각한다.

요즘 애들이 뭐가 힘들어?

이런 말 하나가, 사실은 한 사람의 세계 전체를 무너뜨릴 수도 있다는 걸 잊는다. 이 소설은 두 가지로 해석할 수 있다. 마지막 엔딩 부분에 나비는 과연 뛰어내렸을까? 나는 나비가 마지막에 어떤 선택을 했는지 정하지 않았다. 그저 독자가 생각하기 나름일 뿐이다. 나비는 끝내 옥상에서 떨어졌을지도 모르고, 죽음이 두려워져 망설이다가 결국 옥상을 빠져나왔을지도 모른다.

한 가지는 분명히 하고 싶다.

나는 죽음을 미화하려는 것이 아니다. 다만, 주변에 나비처럼 마음속에서 조용히 무너지고 있는 누군가에게 작품 속 '옥상 남자'가 나비에게 말을 걸었던 것처럼 손을 내밀어주길 바란다. 그 작은 손길이 어둠에 잠겨 있던 마음을 다시 끌어올리는 힘이 될지도 모르는 일이니까.

휴일은 없었다

전승훈

일단, 피폐물

가난은 인류의 신체적, 도덕적, 경제적 질병 대부분
의 근본적인 원인이다.   - 헬렌 켈러

마른하늘에 희미한 구름이 떠 있는 어느 날, 한 손에
권총을 든 사내가 있었다. 그 사내는 권총을 손에 쥔
채, 건물 위에서 자신을 포위한 남자들을 바라봤다. 빛
이 비치는 그 작은 총구들이 그를 조준하고 있었다.

가슴이 떨렸다. 공포인가? 아니, 희열이다. 내가 소
설 속 주인공이 된 느낌이지 않은가. 당신이라면 어떨
까.

**비 오는 날, 낭만 있게 우산을 쓰며
누군가의 구세주처럼 나타나고 싶었다**

타들어 가는 담배가 입에서 떨어지고, 그는 살짝 미
소 지었다.

**하지만 그건 헛된 꿈이라는 걸 오래전부터 알
았지. 햇빛을 막아줄 선글라스도, 비를 막아
줄 우산도 없는 빈손으로는, 아무것도 못 해**

그는 하늘을 바라보고 과거를 회상한 듯이 헛웃음을
지었다.

◎

- 너, 나랑 함께 안 다닐래?

그 말을 처음 들었을 때가 있었다. 어렸을 적 이야기다. 허기진 배를 움켜쥔 채 쓰레기통을 뒤지던 시절이었다. 악취가 코를 찔렀지만, 배고픔이 더 독했다. 나는 꿈조차 꾸지 못할 형편이었다. 쓰레기통을 뒤져 먹을 걸 찾고, 억지로 먹었다. 지금 생각하면 도저히 못할 짓이었지만.

나는 이 녀석을 쳐다봤다. 녀석의 눈빛은 다른 녀석들과 다르게 어두웠다. 그것은 무엇이 닥쳐도 두려워하지 않는 눈이었다. 그리고, 조금 낡아 보이는 검은옷. 녀석은 내가 본 다른 녀석들과는 다르게, 가난함에도 표정이 전혀 자신이 없어 하는 그런 표정이 아니었다.

- 내가 뭐가 좋아서 동료가 되지?
- 여기서 정녕 계속 살아갈 수 있을 거로 생각하는거냐? 꿈 깨라. 이런 달동네는 벗어나야 해. 모두가 가난하면 눈치 볼 것 없고 참 좋지. 근데, 먹고 살지 못하니까 문제야. 지나가다가 네가 얻어먹은 거 그

     일단, 피폐물

냥 우연이라 생각하는 건 아니겠지? 다, 형편도 안 되면서 너에게 나눠준 거라고

나는 당황한 표정을 지었다. 무언가를 깨달은 듯이.

– 알았다. 나도 이런 곳은 별로 안 좋아해. 다른 곳으로 가보자고

그날부터 우리는 함께였다. 하지만, 우리에게 할 수 있는 것이라고는 없었다. 녀석은 나에게 도둑질을 가르쳤다. 밥 먹듯이 하던 짓이라나. 결국 처음 범죄를 저질렀다. 창문을 부술 때 내 손끝이 떨렸다. 창틀이 '끼익' 소리를 낼 때 녀석이 속삭였다.

– 겁나냐?
– 아니

하지만 심장은 폭주했다. 우린 그 집에서 얼마 못 챙겼다. 그럼에도 안도했다. 살 수 있다는 감각이, 그 순간 처음으로 손에 잡혔으니까. 그 후 범죄는 습관이 됐다. 나쁜 놈들만 골라서 턴다는 유치한 명분을 내세우면서.

어느 날, 불량배들에게 붙잡힌 아이를 봤다. 내 옆의 녀석은 그 상황을 보자마자 그 녀석들을 발로 걷어찼

다. 이런 사람들이 막 돌아다니는 건 전에 있던 곳에서
는 흔한 일이 아니었다.

－ 이 새끼들, 재밌게 노네

이 녀석이 불량배 여럿을 순식간에 제압했다. 마치
곡예를 하는 듯이. 나도 그 모습을 보고, 의지를 다졌
다. 그 순간 망설일 틈도 없이 몸이 움직였다. 파이프
를 집어 들고 녀석 앞에 서 있는 덩치의 뒤통수를 내리
쳤다. 피비린내인지, 쇠 비린내인지 모를 냄새가 나의
코를 찔렀다.

겁에 질린 얼굴의 소년이 우리를 바라봤다.

－ 고마워. 진짜, 큰일 날 뻔했어

나는 그를 뚫어져라 봤다. 신발도 옷도 얼룩이 져 있
었다.

－ 너 이름이 뭐냐?

녀석이 물었다.

－ 강예한이라고 해

그날 이후, 우리는 셋이 됐다. 예한이는 우리보다 두

살 어렸다.

◎

우리는 수많은 죄를 저질렀다. 소매치기, 불법 침입, 절도, 폭행 등등

그 결과, 우리는 경찰에게 잡혔다. 수개월 동안 조용했던 경찰이 움직이기 시작했다. 잠깐 우릴 잡으러 쫓아오긴 했지만, 끈질기게 쫓아오진 않았다가 결국 덜미가 잡혔다.

법정 안은 숨 막히는 정적이 흘렀다. 높은 천장, 하얀 벽, 그리고 웅크린 우리. 손목엔 차가운 수갑이 채워져 있었다.

판사의 목소리가 울렸다.

– 피고인들, 기립하십시오

나는 고개를 들었다. 형광등 불빛이 눈을 찔렀다. 그리고 많은 시선이 나를 압박했다.

판사는 종이를 넘겼다.

- 범행 횟수, 총 8회. 절도, 폭력… 피고인들의 행위는 사회에 큰 혼란을…

그 말이 귀에 들어오지 않았다. 뒷좌석의 시선이 내 살을 파고들었다. 혐오, 분노, 연민.

예한이 속삭였다.

- 우리 진짜… 끝난 거지?

나는 눈을 감고 생각했다. 어떤 말을 할지.

- 끝이 아니야. 이건 그냥 중간 과정일 뿐이다. 너라도 빠져라. 우리가 판단을 잘못했다. 너는 최대한 엮이지 않도록 해야 했는데

망치가 내려쳐졌다. 심판의 망치가. 처음 느껴보는 압박의 소리가. 예한이는 아무런 말도 하지 않았다. 그 녀석의 표정이 어땠는지도 나는 모른다.

- 모두, 징역 2년 6개월

그 순간, 내 머릿속에서 무언가 부서졌다. 그리고, 무언가 조립되었다. 이것은 무슨 느낌일까. 나로서는 알지 못한다.

우리는 처음은 절규했고, 분노했고, 저주했다. 나의

　　　　일단, 피폐물

업보지만, 그렇게 생각하기 싫었다. 그래도 밥을 제대로 준다는 것은 만족스러웠으며, 잘 곳도 크게 불편하지 않다는 것이 정말 좋았다.

처음 들어간 곳은 냄새부터 달랐다. 철창과 시멘트, 소독약 냄새, 그리고 뭔지 모를 고약한 냄새가 섞여 있었다. 처음엔 적응 못 했다. 하루 종일 쳐다보는 시선들. 누군가는 웃었고, 누군가는 침을 뱉었다.

– 이딴 새끼가 왔다고? 바보 같은 얼굴이네!
– 그러게 말이야! 보여줘야겠지

그게 인사였다.

밤에는 잠을 잘 수가 없었다. 철문이 닫히는 소리가 귀에 맴돌았다. 누군가는 울었고, 누군가는 기도했다. 나는 둘 다 하지 않았다. 대신 천장을 바라봤다. 별도, 하늘도, 세상도 없었다. 오직 콘크리트였다. 그 안에서 시간이란 건 존재하지 않았다. 밥 먹고, 일하고, 맞고, 자고, 다시 밥 먹는 일상.

그게 하루였다.

가끔 교도관이 들어왔다. 그는 우리를 '어리석은 놈들'이라 불렀다. 그러고는 주먹으로 교육했다.

– 사회는 너희 같은 놈들 때문에 썩는다

나는 웃음을 참지 못했다. 그가 말한 '사회'란 게, 우리 이렇게 만든 그 사회 아닌가?

– 과거, 공리주의 사상가 벤담이 파놉티콘이라는 교도소를 주장했던 적이 있었지. 그 의의는 중앙의 간수가 모든 죄수를 보고, 죄수들은 중앙이 어두워 간수를 못 본다는 점이지. 즉, 간수만 본다는 시선의 비대칭성으로, 죄수들은 자기 행동을 의식해 스스로 자제한다는 것이지. 우리도 이 교도소에 들어온 이상, 감시당한다는 것을 의식할 수밖에 없네. 당시 프랑스 혁명으로 인해서 정부가 무너지고 실행되지 못했지만

녀석은 그리 말했다.

– 너는 왜 알고 있지. 언제 그런 걸 배웠냐

나는 녀석에게 말했다.

– 글쎄, 어디에서 들은 이야기거든

난 처음으로 녀석이 똑똑하게 보였다. 이런 녀석이라고는 전혀 생각하지 못했는데.

어느 날, 식당에서 예한이와 같이 밥을 먹던 날이었다. 난 녀석에게 괜한 짓을 시킨 것 같은 죄책감에 뭐

          일단, 피폐물

라고 말을 할 수 없었다. 녀석도 그런 게 있었는지 말을 꺼내지 않았다.

하지만 그 눈빛만으로 충분했다.

- 살아 있냐. 너까지 휘말리게 한 건 미안했다
- 하핫, 그런 거였나. 난 형의 잘못이라고 생각하지 않아. 내 잘못도 있지. 너무 상심하지 마
- 다행이네

예한이는 웃는 얼굴로 나에게 말했다. 그게 우리의 대화였다.

그 만남 이후, 예한이는 많이 보이지 않았다. 뭔 일이 있는가, 잘은 모르지만 분명 잘 지내리라 믿고 있었다. 교도소에서 예한이를 본 횟수는 그리 많지 않다. 몇 번 봤을 때 잘 지내길래 나는 내버려두었다. 나중에 다른 죄수들에게서 들은 바로는, 간수들 몰래 상인 행세를 하며 살았다고 한다.

나는 왜인지 모를 무기력함에 빠져 세월을 견디고 있었다. 시간이 지날수록, 마음의 감각이 죽어갔다. 분노도, 슬픔도, 두려움도. 그저 순응하는 법을 배웠다. 세상이 우리에게 가르친 건 결국 그것뿐이었다. 순응, 굴복, 그리고 체념.

교도소에서 출소하는 날, 나는 그 녀석과 예한이와 오랜만에 셋이 만났다.

– 셋이 만나는 건 오랜만이군. 물론, 교도소에서도 봤지만 각자 루트가 또 달랐으니 많이는 안 만났었지. 각자 교도소에서 새로 만든 친구들도 있었을 것이고. 그게 중요한 것이 아니지. 우리가 다시 모였다는 것이 중요한 거니까

녀석은 하늘을 올려다보며 말하고 있었다.

– 쓸데없이 낭만이군. 그래, 이제 자유다! 다시 살아보자! 평화를!
– 사진이나 한번 찍어보자!

우리는 개과천선하고 다시 좋은 삶을 살겠다고 다짐했고, 전과는 다르게 선량하게 살아보려 노력했다. 가난한 우리에게 있는 건 없지만 그래도 뭐라도 해보기로 했다.

그렇게, 우리는 아르바이트라도 하기로 마음먹었다. 그러나…

예한이가 죽었다. 강에 투신하여 혼자 죽고 만 것이다. 어둡고, 쓸쓸하게. 아르바이트를 시작한 지 얼마 안 되어서 말이다.

 일단, 피폐물

우리는 수사가 끝나고 나서야 그의 유언장을 보았
다.

낮에는 눈을 제대로 못 뜨며, 밤에는 잠을 제대로 못
잔다. 내가 살아가고 있는 세상이 나를 바라보는 것
같은 악몽을 꾼다. 내 죗값은 이미 다 치렀는데, 계
속 죄를 짓고 있는 느낌이야. 난 그리고 깨달았다. 교도
소 속에 있으니까 몰랐다. 이 사회도 거대한 교도소였는
데. 교도소가 없었더라면 자각하지 못했겠지. 교도소가
있어서 알 수 있었다. 나는 즉, 교도소를 나왔어도 교도
소에 있는 거다. 나는 거대한 것보다 작은 교도소가 좋
다. 여긴 너무나 커서 내가 감당할 수가 없다. 다시
범죄라도 저질러야 하나? 그런 행위를 하기엔 이제
힘이 없다. 이미 족쇄에 잡혀있기 때문이다. 난 이 족
쇄를 끊어버리고 싶다. 난 자유라는 이름을 가진 잠
깐의 행복을 느꼈고, 이로써 난 진리에 깨달았다. 이
삶 자체가 고통인 게 아닐까. 아아, 빅브라더여, 나
는 네가 두렵다. 두려운 나머지, 모든 것을 내려놓게 되
는구나. 참으로 역겹다. 난 너희에게 있어서 무언가가
아니야. 난 너희들에게 벗어나 이젠 하늘에 서겠다

나는 절규했다. 끝없이 절망했다. 하늘이 무너진다
는 표현을 이때 쓰는 건가. 중력이 나를 짓눌렀다. 주
변의 색은 더욱 까매졌다. 세상이 흑백으로 변하며, 하
늘은 그냥 하얗게 보일 뿐이었다. 난 대체 뭘 했던 걸
까.

- 그래, 죽었구나. 좋은 곳으로 갔다고 생각하자고

녀석은 그리 말했다.

- 너는 그렇게 간단히 생각하는 거냐? 녀석이 죽은
건 우리의 잘못이나 다름없다고!

나는 녀석의 대충 말하는 듯한 태도에 욱해 소리쳤
다.

- 뭘 그리 화가 났냐? 녀석이 선택한 죽음이다. 안
타깝지만, 우리가 할 수 있는 건 녀석의 죽음에 애도
를 표하는 것밖에 없어
- 넌 왜 그런 표정도 안 짓는 거냐. 정말 슬퍼하는
게 맞냐?
- 있잖아, 착각하는 것 같은데, 얼굴에 모든 것이 드
러나는 건 아니야. 너처럼 말이야. 나도 지금 마음이
착잡하다고
- 믿기 힘든 표정이군
- 큰 죄책감을 느끼고 있군. 우리가 그때 없었다면,
녀석은 양아치들에게 맞아 죽었을 거야. 그놈들은
평범한 양아치들이 아니었지. 딱 봐도 뒷배가 있던
놈들이었어. 네가 그렇게 떠안을 필요가 없다고. 녀
석은 분명 천국에서 잘 살고 있을 거다. 모든 악업은

　　　　　일단, 피폐물

다 씻어냈으니

- 그것이 말대로 쉬운 것이 아니지. 그래도 고맙네

그 후, 우리들은 열심히 일을 하며 살았다.

그렇게, 우리는 어느 정도 돈을 좀 모았다. 물론 일이 쉬운 건 아니었다. 나라가 위기를 맞았었고, 가게가 휘청거렸던 적도 있었다.

어느 날 내가 말했다.

- 이제, 난 꿈을 위해 살아봐야겠어
- 꿈? 그런 것이 있었나. 그게 뭐지?

녀석은 나에게 물었다.

- 나는 줄곧 소설가가 되고 싶었어. 글을 쓰고 싶었지. 교도소에선 많은 책들을 읽었지. 난 그런 사람들처럼 글을 쓰는 사람이 되고 싶었어
- 그렇군. 힘내봐라. 나는 그냥 남들과 크게 다르지 않은 평범한 일상을 사는 것이 꿈이다

우리는 서로 말하지 않았던 꿈을 처음으로 털어놓았다.

◎

　3년 후, 나와 녀석은 서로 자신의 꿈을 향해 갈라졌다. 지금, 녀석이 뭐 하고 있을지는 잘 모른다. 소식은 간간이 듣긴 했다만.

　어느 날 이 근처에서 녀석의 얼굴을 봤다. 저건 분명, 내가 알던 그 녀석이었다. 녀석은 살인마가 되어있었다. 녀석은 이렇게 외쳤다.

　- 죽지 않으려면, 무조건 죽여라!

　나는 큰 혼란에 빠졌다. 녀석이 갑자기 이런 곳에 왜 있지?

　난 멀리서 멍하니 녀석을 바라보았다. 어두운 곳에서 그는 그림자처럼 은밀하게 움직였고, 그 안에 있던 사람들은 죽어 나갔다.

　그리고, 녀석은 어둠에서 천천히 나와 나에게 인사를 했다. 피투성이인 채로.

　- 너 어떻게 된 거냐? 어째서 네가, 이런 짓을 벌이고 있냐고!

　녀석은 씨익 웃었다. 표정을 감추기 위함일까? 아니

　　　　　　일단, 피폐물

면, 진심인가.

- 설마, 너에게 들킬 줄은 몰랐네. 이 녀석들은 나를
모욕한 상류층에 있는 놈들이다. 넌 왜 여기 있지?
집으로 가는 길이었나?

난 녀석을 빤히 바라보았다.

- 너도 알 거다. 가난한 우리를 모욕한 놈들은 죽어
마땅하다는 것
- 그래도, 이건 아니지 않냐. 도덕에 어긋나지 말라
고!
- 도덕? 나에게 도덕이란 없었는데. 너는 이제 꺼져
라. 내 말에 안 따라준다면 더 필요는 없어
- 뭐라고?
- 처음부터, 너를 이용해 먹을 생각이었다. 예한이
도, 너도 우리가 훔친 돈, 다 어디 갔다 생각하나. 내
가 빼돌리고 있었지. 전부 다 숨겨뒀다
- 뭐? 장난은 그만둬라. 나를 그렇게 쉽게 따돌릴
거로 생각하는 거냐?
- 너는 꿈이 있으니까, 여기서 허튼짓은 안 하겠지.
비밀 하나 알려줄까?
- 비밀? 또 뭘 말하려는 거냐. 뭐든 그만둬
- 예한이, 내가 죽였다. 녀석은 더 이상 쓸모가 없어

서, 내가 자살로 끌고 가게 했다. 네가 그 녀석을 안 좋게 보고 있다고 하니까, 절망하던데? 그 표정은 아직도 잊히지 않는군

나는 녀석의 말을 듣고 얼굴이 창백해졌다.

- 녀석의 '진짜' 유언장을 전해주마
- 진짜? 뭔 소리야?

나는 녀석이 건넨 종이를 펼쳐보았다. 나는 이 글을 읽고 심히 충격받았다.

> 나는, 형들에게도 버림받은 것 같다. 계속 기운도 없고, 제 역할도 못 한다고 하는 것 같다. 나는 여기에서 믿을 것은 더 없다. 그래, 그래도 그동안 해줬던 거에 대해선 감사를 해야겠지. 정말 고마웠어.
>
> 사실은 죽고 싶지 않아...
>
> 살려줘 살려줘 살려줘 살려줘 살려줘 살려줘 살려줘 살려줘 살려줘 살려줘 살려줘 살려줘
>
> ...

나는 녀석에게 분노해 달려들었다.

- 그래, 너도 날 죽이려는 거겠지. 그것이 너의 본성, 가난함에서 생겨나는 분노다!

    일단, 피폐물

녀석은 나를 바라보며 그리 말했다.

- 이강현!

나는 그때 반쯤 이성을 잃었다.

나와 녀석은 발차기를 날리고, 칼을 쓰기도 하며 처절하게 싸웠다.

- 진실은 알게 되니 좋냐? 내가 전에 쓴 유언장은 꽤 볼만했지? 네가 공감하려면 어떻게 쥐어짜야 하나 계속 고민했다!

녀석은 나를 계속 구타했고, 나도 계속 반격했다.

- 넌, 내 앞에 나타나지 말아야 했어. 악마 같은 놈!

죽일 각오로 싸우면 지지 않는다. 나는 그렇게 생각하고, 계속 공격했다. 난 녀석의 발차기를 피하고, 재빨리 발을 잡아 넘어뜨렸다. 나는 녀석을 계속 때렸다. 하지만, 녀석은 내 힘을 이용해 나에게서 빠져나갔다.

- 하하하, 죽을 뻔했다. 미친놈. 그래, 이 내가 너를 최고라 불러주마
- 이 '내가'? 너 따위가 뭐라 지껄이는 거냐
- 네가 공격해야 할 것은 내가 아니라, 상류층 놈들

이다! 근본적인 원인은 녀석들에게 있다

– 그래도, 너는 죽어야 해. 그렇지 않아?

나는 녀석의 칼을 잡아 뺏고, 녀석의 목을 재빨리 그었다.

– 컥, 무식한 놈. 네가 어째서 날 이렇게 죽이려 드는 거냐! 예한이란 녀석도 더 이상 피 안 보고 좋을 때 죽은 거다. 죗값도 치렀으니, 천국에 간 것 아니겠냐! 다 의미가 있던 거다!
– 그래도, 너는 죽어야만 한다. 너는 그냥 미친 살인자였어. 이제 나도 마찬가지겠지

나는 녀석이 죽어갈 정도로 공격했다.

– 마지막은 여기서 장식해야겠군. 예술은, 폭발이다!

그 말을 하자마자, 녀석은 자폭했다.

폭발음에 세상과 경찰의 이목이 여기로 끌렸고, 나는 살인죄로 다시 교도소에 들어가게 되었다.

나는 결국 또 잡혔다. 형량은 10년이 넘었다. 정확히는 보호감호까지 포함한 거지만. 참으로 익숙한 곳이다. 역시나 욕설과 폭력이 일상이었다.

 ◎

2년 후, 새로운 죄수가 옆 방에 왔다. 교도소장이 직접 손을 잡고 들어왔다.

- 안정세 씨, 이쪽으로 모시겠습니다.

그는 웃었다. 교도관들이 고개를 숙였다.

- 누군데, 저 새끼는?

내가 물었다.

- 국회의원 사돈이래. 횡령이라는데? 몇백억. 게다가 몇 명 죽이기도 했다더라

같은 방에 있던 다른 녀석이 대답했다.

나는 피식 웃었다. 대신 피를 삼켰다.

***우린 빵 하나 훔쳐도 12년인데,
저 새끼는 몇억 훔쳐도 8년? 세상 참 공평하네***

그는 얼마 안 되어 감형되었다. 나는 그런 것도 없었는데. 나는 결심했다. 탈옥.

나는 사회의 불합리함을 알리고 싶었다.

약해진 벽을 부수고, 담장을 넘었다. 새벽, 손에 쥔 건 녹슨 파이프와 훔친 권총뿐. 세상은 자고 있었을 때, 나는 달을 보며 떠올렸다. 녀석들에게 지배 당해왔던 공포를. 새장 속에서 갇혀만 살았었던 공포를.

낮이 되자 나는 내 계획을 시작했다. 나는 한 집에 침입해 사람들을 인질로 잡았다. 죽일 생각은 없다. 경찰에 신고하면, 분명 언론에도 나타나겠지.

– 해를 가할 생각은 없습니다. 그저 가만히 따라주시기만 하면, 다칠 일은 없을 겁니다

인질들은 그 말을 듣고 큰 저항을 하지 않았다.

– 이렇게 불편을 겪게 하여 대단히 죄송합니다. 제가 원하는 것은 그냥 범행이 아니라, 의견 주장입니다

몇 시간이 지나고, 경찰들이 몰려들기 시작했다. 총을 든 부대원들이 나를 포위했다.

마른하늘에 희미한 구름이 떠 있는 어느 날, 한 손에 권총을 든 사내가 있었다. 그 사내는 권총을 손에 쥔 채, 건물 위에서 포위한 남자들을 바라봤다. 빛이 비치는 그 작은 총구들이 그를 조준하고 있었다.

    일단, 피폐물

나는 웃었다. 마른하늘, 희미한 구름. 처음 범죄를 저지르던 날과 똑같은 하늘.

– 나는 교도소에서 탈옥한 한 잡범 중 하나다. 내가 여기서 너희들에게 하고 싶은 이야기는 하나다. '무전유죄, 유전무죄!' 너희들은 죄가 큰 죄수를, 돈이 있다는 것만으로 형량을 적게 했지. 나는 대체 뭐지? 내 죄가 작다는 건 아니야. 그런데, 이건 뭐냔 말이다!
– 닥쳐라

날 겨냥하던 한 경찰이 그렇게 말했다.

– 나는 학교도 제대로 못 나왔다! 나는 이 사회에서 잘 살아가기 위하여 연기도 했다. 적응하려 했다! 그런데, 너희가 날 방해한다. 세상이 날 방해한다! 상류층은 보고 있는 거냐?

그 웃음은 마지막 불꽃 같았다.

탕! 총성이 하늘을 찢었다.

나는 권총을 든 채, 바람을 느꼈다. 세상은 끝내 우리를 외면했다.

– 네 뜻은 알았다. 그럼, 이제 죽어라

다른 경찰이 그리 말했다.

나는 총을 쐈다. 나에게.

◎

이것은 내가 교도소에서 쓴 소설이자, 나의 이야기다. 그 후, 우리는 그 사건을 잊지 못한다.

- 그의 이름은 지성환. 그는 무척 신사적이었고, 떳떳하게 자기주장을 펼칠 수 있는 자였습니다

이 사건은 사회에 알려졌다. 상부가 뭐라도 깨달았길 바란다.

법은 거미줄과 같아서 작은 파리들은 잡아도 말벌들은 찢고 지나가게 한다.　　　　- 조너선 스위프트

전승훈 작가의 말

가난하고 살기 힘든 삶 속에서 힘들게 살아간 주인공은, 길바닥에서 떠돌며 비슷한 처지로 살아가는 친구들과 만난다. 그들은 사회에 대해 무지했고, 도둑질을 일삼는 잡도둑이었다. 그러나, 이 일을 계기로 주인공의 인생은 틀어지기 시작한다. 그는 어떤 삶을 살게 되었을까?

이 작품은 1988년, 지강헌 사건에서 모티브를 가져왔다. 다만, 작중 주인공의 피폐함을 다루기 위하여 추가, 각색한 부분이 매우 많다. 이 이야기를 모티브로 한 이유는 가난과 빈곤에 시달린 사람들의 입장에 서서 한번 말해보고 싶었기 때문이다. 이 책에서 나타내고자 하는 것은 '가난'이라는 주제와 중심 주제인 '피폐'이다. 그래서 현실적으로 나타내어 더욱 독자들에게 와닿는 느낌을 주고 싶었다.

현재 군산제일고등학교를 재학하고 있는 재학생인 나는 이번 해에 달그락 눈맞춤작가단에서 본격적인 활동을 시작했으며, 지금도 이어 나가고 있다. 청소년 작가로서 부족한 점도 많지만, 앞으로 부족한 점을 메꿔 나갈 것이다.

그날, 바다에

박시연

일단, 피폐물

1. 그날의 바다에서

　어렸을 때, 겨울 바다를 간 적이 있습니다. 몇 살인지는 기억이 흐릿하지만, 2월의 겨울 바다였습니다. 생각보다 추웠지만 겨울을 좋아하시는 어머니께서 2월에 바다를 꼭 가고 싶다는 말씀에 결국 우리 가족은 2월에 바닷가로 여행을 왔습니다. 어머니께선 추위도 잊으신 채 바닷가를 돌아다니셨고, 저는 그 근처 벤치에 앉아 어머니의 모습을 바라보고 있었습니다. 한동안 추위를 느끼다 저는 바위 구석에 몸을 웅크린 채 바다 너머를 바라보고 있는 아이를 보게 되었습니다. 생김새로 보아 제 또래 같았죠. 호기심에 그 아이에게 다가가고 싶었습니다. 하지만 아버지께서 낯선 사람에게 다가가는 건 별로 좋지 않을 것 같다 하셔서 결국엔 그 아이에게 다가가지 못했습니다.

　그렇게 저의 겨울 바다 여행은 호기심을 풀지 못한 채, 끝이 났습니다. 그 뒤로도 그 아이에 대해 수없이 생각하고, 몇 번이나 더 바다를 찾아갔지만 볼 수 없었습니다. 부모님께서도 이제 포기하려고 하셨지만 전 계속 그 아이를 찾으러 바다로 갔습니다. 하지만 계속 바다를 가도 그 아이를 볼 수 없었고 저의 관심도 점점 없어졌습니다. 이제 마지막이라는 심정으로 중학교 마지막 겨울방학 때 또다시 그 바다에 갔습니다.

- 오늘도 없네. 이제 나 여기 못 와, 기숙사에 들어
갈 거라. 한 번쯤은 보고 싶었는데 아쉽네
- 너가 걔야?

갑자기 뒤에서 들린 목소리, 저보다 10cm 이상은
커 보이는 키에 운동한 게 티 나는 덩치. 첫인상은 그
냥 좀 애매한 양아치처럼 보였습니다.

- 누구세요? 저 아세요?
- 그 사람, 몇 년 전부터 맨날 누구 찾으러 오는 사
람
- 제가 이 동네에서 유명한 사람인가 봐요
- 엄청 유명하지, 이 동네에서 모르는 사람이 없을
정도인데
- 근데 초면부터 반말은 좀 그렇지 않아요?
- 동갑처럼 보여서, 몇 살?
- 17살, 아니 18살이에요
- 내가 한 살 어리네

처음부터 반말을 쓰는 사람의 첫인상은 별로였습니
다.

- 누구 찾는 거야? 첫사랑?
- 첫사랑 같은 거 없어요, 그런 건 감정 낭비예요

- 헐, 너무해

- 뭐가 너무한데요?

- 감정 낭비라니, 말이 심하다

- 도대체 뭐가요?

- 그런 게 있어, 나중에 크면 알아

도대체 이건 또 뭔 말인지, 이해가 안 가는 사람입니다. 외계인 같은 존재면 어떡하죠?

- 여긴 왜 왔냐고

- 찾는 사람이 있어서 그래요

- 누군데 그래?

- 저기 바위 옆에서 쭈그리고 있던 작은 꼬마애요

- 어, 나 어렸을 때 그랬는데?

- 설마 당신이에요?

- 가족끼리 2월에 바다에 놀러 간 기억이 있어, 겨울에 바다는 잘 안 오니까 신기했거든

그 말에 저는 확신했습니다. 저에게 호기심을 안겨 준 채, 모습을 감췄던 그 아이. 그 아이가 바로 저 사람이었습니다.

- 제가 찾던 사람이 당신 같아요

- 어? 정말?

- 이런 사람인 줄은 몰랐는데
- 뭐야, 실망이야
- 처음 본 사람한테 반말하는 것부터 마이너스예요
- 그런 거였어?
- 네, 그런 거예요

이제 저의 호기심도 여기서 끝이 났습니다. 당분간은 이 바다에 오는 일은 없겠죠?

- 이제 가야 해요, 곧 버스 시간이거든요
- 인스타 알려줘, 아님, 번호!
- 인스타는 없고요, 처음 보는 사람한테는 번호 알려주기 싫어요

전 그대로 시의버스터미널로 향했고, 그 사람을 더 이상 볼 일은 없었습니다. 그래야만 했습니다.

2. 만약

그날 이후로 호기심이 풀린 전, 학업에 집중했고 바다와 그 사람에 대한 기억을 점점 잊어가며 살았습니다. 그러던 어느 날, 들리던 소문에 그 사람의 외모에 유사한 사람이 전학을 왔다고 들었습니다. 저와 나이도 다르기에 학년도 달랐으며 다니고 있던 학교의 이

    일단, 피폐물

름도 말해준 적이 없기에 그 사람이 아닐 거라고 전 생각했습니다. 그런데 우연히 1학년 층 복도를 걷다 그 아이를 발견했습니다. 그 아이와 눈이 마주치는 순간 저는 그 상태에서 얼음이 된 채 눈만 깜빡거렸습니다. 갑자기 그가 저에게 뛰어오면서 '선배!'라고 부르며 뛰어오는 모습에 저는 무작정 반대편으로 뛰기 시작했습니다. 이 미친놈이 계속 쫓아오는 거 아니겠습니까? 다행히 점심시간이라 도망칠 시간은 많아서 학교 뒤편까지 뛰었습니다.

- 선배, 달리기 엄청 빠르다. 뛰느라 죽는 줄 알았네
- 하, 어디까지 쫓아오는 거야? 미쳤어?
- 왜요? 오랜만에 선배 봐서 좋았는데
- 그렇다고 냅다 뛰냐?
- 안 뛰면 선배가 그냥 무시할 줄 알았죠, 아니에요?
- 아니, 하…

그때 생각했습니다. 저건 단단히 미친놈이라고요. 이때부터 멀어져야 했는데, 순수하게 말하는 게 잊히지 않아서 쉽사리 멀어지진 못했습니다.

◎

　이제 곧 모의고사를 볼 날이 얼마 안 남았을 시간이
었습니다. 그때도 이름 모를 애한테 시달리면서 공부
했던 기억이 나네요.

　－선배, 이름 알려주세요

　－싫어

　－왜요?

　－그냥, 내 마음이야

　－그럼, 제 이름은 안 궁금하세요?

　－응, 안 궁금해

　－왜요?

　－내가 네 이름 알아서 뭐 하는데?

　－선배가 찾던 사람이었는데 알려주면 안 돼요?

　－이윤현

　－이름 이쁘다! 전 도헌이에요, 진도헌

　－그래, 도헌

　예비 종이 쳐서 우리는 자연스럽게 헤어지게 되었습
니다. 이름을 알려준 뒤에도 도헌이는 절 계속 선배라
고 불렀습니다. 이유는 선배라는 호칭이 입에 더 붙어
서 그렇다고 하는데, 그럴 거면 내 이름은 왜 궁금해한

　　　　　　일단, 피폐물

건데.

◎

벌써 모의고사가 코앞으로 다가왔습니다. 그런 탓인
지 도헌이도 몇 주 동안은 절 귀찮게 하지 않았습니다.
처음은 마냥 편하고 좋았는데 이젠 조금 귀찮게 하던
모습이 머릿속에 안개처럼 서렸다가 사라지기를 반복
했습니다. 내가 공부를 평소보다 많이 해서 이상한 생
각이 든 건가 싶었는데, 그런 게 아니었나 봅니다. 어
느 순간에는 제가 1학년 층에 가서 도헌이의 반 앞에
서서 나오기를 기다리는 게 아니겠습니까?

　- 내가 미친 건가
　- 어? 선배가 먼저 올 줄은 몰랐는데

돌아가려던 참에 도헌이와 눈이 마주쳤습니다. 순간
머릿속이 하얘져서 무슨 변명을 늘어놓아야 할지 생
각하던 탓에 주도권을 뺏겨버렸습니다.

　- 설마 요즘 안 온다고 선배가 온 거예요?
　- 아니거든?
　- 아니긴, 그냥 솔직하게 말해요, 나 보고 싶었죠?

- 아니라고! 가서 공부나 해

　무의식적으로 와버린 건데, 냅다 보고 싶어서 왔냐는 질문에 놀랐습니다. 자세히 생각해 보면 정말 보고 싶어서 온 거일 수도. 머릿속에 잊히지 않던 그 얼굴이, 갑자기 보이지 않던 탓이었나 봐요.

- 모의고사 끝나고 시간 있어요?
- 있긴 있는데, 왜?
- 약속 잡지 마요, 저랑 놀아요
- 싫다면?
- 싫어도 그냥 놀아요, 저희 바다에 가요. 네?
- 시간 빼볼게

　분명 거절하려고 했는데. 머릿속에선 '얘한테 언제까지 휘둘릴 거야? 이제 그만할 때도 됐잖아?'라는 생각밖에 들지 않았는데. 입 밖으로 나온 대답은 '시간 빼볼게'라는 답이었습니다. 교실로 돌아가는 내내 다음 쉬는 시간에 찾아가서 '선약이 있었다'라는 뻔한 거짓말을 늘어놓을까 생각도 해봤지만, 그럴 용기는 생기지 않았습니다. 그렇게 모의고사가 끝나고 같이 바다에 가자는 약속을 받은 채 시간은 흘러갔습니다.

　날씨는 따뜻하다 못해 더워 하복을 꺼내입는 계절이 되었습니다. 어느새 모의고사 당일이 되어있었습니다. 제가 OMR에 제대로 표시하는지도, 서술 답안 번호에 맞게 제대로 답안을 적고 있는지도 모른 채 시험을 봤었습니다. '이제 다 썼다' 하는 순간에 종이 치고 뒤에서는 답안지를 걷기 위해 맨 뒷자리 친구들이 일어나고 있었죠. 이번에는 나름 괜찮게 봤다는 생각보다 '그 애는 시험을 잘 봤을까?'라는 생각이 먼저 들었습니다. 그 애는 제 머릿속에서 지워지지 않는 존재가 되어버렸던 것 같습니다. 제가 뭘 하든 '얜 이거 좋아하려나? 싫어하려나?'라는 생각이 머릿속에 섞여 있었고 그 애를 못 보는 날이 많아지면 제가 먼저 찾아가서 그 애를 보고 쉬는 시간 종이 치는 순간까지 보다 교실로 뛰어갔었습니다.

그렇게 몇 주라는 시간을 보내고 나니, 전 그 애와 함께 바다에 가고 있었습니다. 까먹고 멀미약을 못 먹어서 멀미를 심하게 했지만, 옆에 도헌이가 있어서 두통도 잊은 채 창밖을 바라보았습니다.

그러다 보니 저 멀리에 그날의 바다가 보였습니다. 그 애를 찾기 위해 시간이 빌 때마다 왔던 그 바다, 다시 보니 몇 시간씩은 돌아다녔던 기억이 새록새록 합니다. 이제 와서 다시 그 짓을 하라고 하면 못 할 것 같지만요.

버스에서 내려서 하루 동안 잘 숙소를 찾기 위해 지

도 앱을 켰습니다. 처음에 길을 좀 헤맨 탓에 늦게 도착했지만 전 해 뜬 바다보다 해 진 바다가 더 좋아서 신경 쓰지 않았습니다. 숙소 근처에서 간단하게 밥을 먹은 후, 구멍가게 같은 곳에서 작은 폭죽을 몇 개 사서 모래사장으로 갔습니다. 오랜만에 온 바다는 어김없이 똑같은 모습을 하고 있었습니다. 폭죽을 샀던 가게에서 라이터를 빌리고 폭죽에 불을 붙였습니다. 화려하고 반짝반짝 빛나는 폭죽은 몇 초가 지나자 금방 불이 꺼졌습니다. 빨리 꺼지는 폭죽을 본 도헌이 입술을 내밀고 다시 불을 붙였습니다. 하지만 새로 불을 붙인 폭죽도 금방 불이 꺼졌습니다.

- 폭죽은 원래 금방 꺼져
- 그래도 예쁘잖아요, 더 오래 보고 싶은데
- 내 것도 네가 불붙여, 내가 영상 찍어줄게
- 정말요? 앗싸!

도헌이는 제가 준 폭죽에 불을 붙이고 환하게 웃으며 절 바라보았습니다. 전 한순간도 놓치지 않고 그 모습을 찍었고, 얼떨결에 저도 같이 웃고 있었습니다. 한참을 바다에서 시간을 보내다가 그는 갑자기 신발을 벗더니 파도치는 바다로 달려갔습니다. 바다로 뛰어가는 모습에 놀라, 저도 도헌이의 뒤를 쫓았습니다. 혹시나 균형을 잡지 못해 넘어져서 다치면 어쩌지, 근처

 일단, 피폐물

에 병원이 있었나 등 별의별 생각을 다 하며 없는 힘까지 쓰며 달렸습니다. 다행히 다치는 일은 없었지만, 그런 생각을 했다는 게 조금 창피했습니다.

- 갑자기 뛰면 어떡해, 놀랐잖아
- 그냥, 좀 뛰고 싶었어요. 안 따라올 줄 알았는데. 걱정됐어요?
- 됐어! 추우니까 얼른 들어가자
- 그러게, 제가 겉옷 챙겨 입으라고 했죠?
- 몰라, 빨리 가자
- 제 거 입어요
- 네 거 너무 큰데
- 그냥 입어요

긴 소매에 다 숨겨진 양손을 보다, 그가 냅다 제 손을 잡는 행동에 놀라며 저는 손을 뺐습니다.

- 손을 왜 잡아?
- 선배 추워하니까 잡아준 건데, 바로 빼는 거 너무하다
- 필요 없다
- 알았어요

숙소로 돌아가서 샤워하고 잠옷으로 갈아입은 뒤에

저는 침대 위에 누웠습니다. 계속 걷다가 두 팔, 두 다리 다 뻗고 누우니 세상 편했습니다. 내일 아침이면 바다를 떠나야 한다고 생각하니 조금 슬펐지만 어쩔 수 없죠. 다음에 또 오면 되고.

　– 선배, 배고픈데 편의점 갈래요?
　– 혼자 갔다 와, 나 피곤해
　– 그럼 먹고 싶은 건요? 낼 아침에 먹을 라면이라도 사 올까요?
　– 난 국물 라면 아무거나랑 보리차, 돈은 나중에 보내줄게
　– 돈 말고 인스타 알려줘요. 핸드폰 번호나
　– 둘 다 싫어
　– 안 돼요, 인스타! 전화번호!
　– 갔다 오면 알려줄게, 빨리 다녀와
　– 뛰어갔다 와야지, 좀만 기다려요!
　– 다치지나 마

제 말을 듣고 고개만 끄덕인 채 방에서 뛰쳐나가다시피 나갔습니다. 몇십 분이 지나더니 숙소 방문을 두드리는 소리에 문을 열어줬습니다. 문틈 사이로 본 모습은 숨을 헐떡이는 소리와 한 손엔 편의점 종이봉투를 들고 절 바라보며 웃고 있는 도헌이의 모습이었습니다. 봉투를 받아 들고 문을 열어주어 그를 안으로 들

　　　　　　일단, 피폐물

였습니다. 도헌이는 방으로 들어오자마자 옷을 훌렁 훌렁 벗고는 화장실로 들어가 씻더라고요. 얼마 지나지 않아 막 씻고 나온 도헌이가 보였습니다. 그는 저에게 다가오더니, 제 어깨에 팔을 감싼 채 그대로 침대에 누웠습니다. 처음엔 어리둥절했지만 금방 적응하고 가만히 천장을 봤습니다.

그러다 저도 모르게 잠들었나 봐요. 다시 눈을 떠보니 옆엔 아무도 없었고, 도헌이는 라면을 먹고 있더라고요. 저는 얼굴을 비비다 간단히 씻은 뒤, 라면에 뜨거운 물을 넣고 멍하니 바다가 보이는 창문을 바라보았습니다. 바다는 그날처럼 고요했고, 또 고요했습니다. 저흰 라면을 다 먹고 짐을 챙겨 로비로 내려갔습니다. 체크아웃하고 밖으로 나와 바다의 짠 내를 마시면서 버스 정류장으로 걸어갔습니다. 이른 아침부터 움직여서 그런지, 저희 둘은 아무 말 없이 조용히 계속 걸었습니다. 그러다 도헌이가 먼저 입을 열었습니다.

- 아, 맞다. 선배 인스타

그 말에 어제 했던 말이 생각났습니다. 그냥 좀 넘어가지, 얼마나 궁금하면 저럴까 하는 마음에 저는 그냥 인스타를 알려줬습니다. 제 인스타를 드디어 알아낸 도헌은 환하게 웃으며 제 아이디를 검색해 절 팔로우

했습니다. 그렇게 맞팔을 하고 저흰 버스 정류장에 도착했습니다. 여기서 버스를 타고 시내로 나가 시외버스 터미널에서 승차권을 사고, 또다시 버스를 기다려야 했죠. 조금 심심하던 찰나에 도헌이가 먼저 입을 열었습니다.

- 맨날 연락해도 돼요?
- 시험 기간 빼고
- 그때도 조금씩 할게요, 공부에 방해 안 될 정도로
- 너 알아서 해
- 그럼, 진짜 알아서 할게요

시답지 않은 얘기를 하는 중에 저희가 타야 할 버스가 도착했고 저흰 버스 끝 쪽에 앉았습니다. 창가에 머리를 기대고 멍때리다 어느 순간에 잠들어 버렸고, 일어나 보니 우리 동네가 눈에 보였죠. 잠에서 깨기 위해 간단하게 스트레칭하고 바닥에 내려놓았던 짐가방을 품에 껴안았습니다. 몇 분 후, 버스가 멈추고 저흰 버스에서 내렸습니다. 짧게 느껴질 줄 알았던 여행은 생각보다 길게 느껴졌고, 도헌이와 저는 피곤해서 먼저 가겠다, 집 도착하면 연락하자는 간단한 이야기를 나누고 집으로 왔습니다.

집에 도착하자마자 곧장 침대에 누워 낮잠을 잤습니

　　　　　　　일단, 피폐물

다. 몇 시간을 침대에서 보내다가 새벽이 다 되어서 눈을 떴습니다. 저는 핸드폰으로 시간을 보다 알림창도 같이 보게 되었는데 디엠이 수십 개가 와 있었습니다. 보낸 사람은 전부 진도헌, 몇십 분 주기로 계속해서 디엠을 보내고 있었습니다. 도헌이의 전혀 생각지도 못한 행동에 서둘러 답장을 보냈습니다.

미안, 자느라 못 봤어. 집은 잘 들어갔어?

네, 선배 생각하면서 쉬고 있었어요.

이상할 말 하지 말고.

진짠데, 선배가 왜 답장 안 하
나 생각하고 있었어요.

알겠으니까 얼른 자.

선배도요, 잘 자요.

연락을 끝내고 저는 다시 잠에 들었습니다. 다행히 이번 월요일은 학교 개교기념일이었습니다. 그렇게 계속 자다가 다음 날 점심이 되어서야 잠이 깼습니다. 그 사이에도 수십 개의 디엠이 와 있었습니다. 제가 좀 나쁜 거지만, 답장하기 귀찮아서 미루고 양치를 하러 화장실로 갔습니다. 그러는 사이에도 디엠은 와 있었지만 다 무시했습니다. 그때부터 도헌이의 집착이 심해지기 시작했습니다.

3. 어느 순간에

　도헌이의 집착은 바로 잡을 수 없었습니다. 학교, 수업 시간과 쉬는 시간, 점심시간 등 도헌이는 시도 때도 없이 저에게 연락했습니다. 저는 몇 번 참다가 결국 도헌이에게 연락 좀 적당히 하라는 말까지 했지만 통하지 않았습니다. 연락은 제가 알림을 꺼두면 보이지 않으니 그냥 대충 넘어갔습니다. 그런데 제가 알림을 꺼둔 걸 눈치챘는지, 그는 행동으로 집착을 보이기 시작했고 아무 때나 절 찾아왔습니다. 찾아와도 제 얼굴만 쓱 보고 가니 더 이상 상대해 주는 것도 귀찮았습니다. 우리는 결국 몇 주 지나 얘기를 할 수 있게 되었습니다.

　- 도헌아
　- 왜요, 선배? 선배가 먼저 불러주니까 기분 좋아요
　- 짧게 말할게, 앞으로 나 찾아오지 마
　- 네? 왜요?

　찾아오지 말라는 말에 도헌이의 눈이 흔들리는 걸

봤지만 저는 더 이상 약하게 나갈 수 없었습니다.

　－ 맨날 찾아와서 별말도 안 하고 그냥 얼굴만 보고
가고, 연락해서 이상한 소리만 하고. 이제 그만해
　－ 나는 선배가 알아서 하라고 해서 그렇게 한 건데.
너무 심했어요?
　－ 어, 엄청. 앞으로 하지 마
　－ 그거 고치면 선배 계속 볼 수 있어요?
　－ 너 하는 거 봐서
　－ 선배, 제발요. 제가 잘못 했어요. 네?
　－ 당분간 찾아오지 마

　그 말을 끝으로 전 도헌이의 얼굴을 보지 않았습니다. 그가 먼저 찾아와도 보지 않고 그냥 돌려보냈습니다. 그럴 때마다 도헌이의 표정이 안 좋았지만, 저도 어쩔 수 없었습니다.

　시간이 흐르고 가을이 되었습니다. 도헌이는 집착적인 모습을 찾기 어려워질 정도로 많이 바뀌었습니다. 요즘은 복도를 지나다가 만나서 가끔 인사하는 사이로 변했지만, 전 이 정도 선이 적당하다고 생각했습니다. 그런데 도헌이는 그런 게 아니었나 봐요. 어느 순간부터 갑자기 다시 하루에 몇십 개의 디엠을 보내면서 매 쉬는 시간마다 절 찾아왔습니다.

저는 또다시 시작된 집착에 미칠 지경이었습니다.

오늘은 다행히 연락도, 찾아오는 것도 없이 고요했습니다. 갑자기 고요해지니 오히려 더 불안해졌습니다. 집에 도착하고 우편함에 뭐가 꽂혀 있길래 확인해보니 저에게 온 편지였습니다. 누가 보낸 건지 알 수 없었지만 일단 편지를 뜯었습니다. 봉투 안에 든 종이를 펼쳐보니 피로 써진 글씨가 적혀 있었습니다.

선배, 요즘 제가 없어서 많이 외로웠죠? 금방 갈게요.

이건 누가 봐도 진도헌이 보낸 혈서였습니다. 처음 보는 형식의 편지에 소스라치게 놀라며 저는 편지를 갈가리 찢어버렸습니다. 도헌이의 소름 돋는 행동에 전 어떻게 할 줄 몰랐습니다. 마땅히 이 문제를 고칠 방법도 보이지 않았기에 전 모든 집착을 받아주기로 했습니다. 연락해서 대화를 끝내는 것도, 하교하면서 하는 대화의 시작과 끝도 모두 도헌이가 정했습니다. 전 그 방법에 따랐고요. 별다른 말도 안 하고 이렇게 순종적으로 사니, 예전보다 살기 더 편했습니다.

저는 그와 함께 살기 시작했습니다. 어느 순간부터는 도헌이가 저와 세상을 단절시키려는 모습에 주변 사람들이 말렸지만, 전 도헌이의 말만 믿고 행동했습니다. 그렇게 제 주변 사람들이 사라지기 시작했고 제

  일단, 피폐물

세상에는 도헌이와 저 밖에 남지 않았습니다. 어떨 때는 아픈 척을 하고 학교에 가지 말라는 말부터 그냥 가지 말라는 말까지, 이젠 절 학교에까지 못 보내게 했습니다. 만약에 이유라도 물어보면 '나만 믿어'라는 말만 하고 그는 학교로 갑니다. 저 혼자 집에 남겨진 채. 그런 날들이 늘어나면서 전 자연스럽게 유급이 되었고, 퇴학 직전까지인 상황에 놓였지만 도헌이는 집 밖은 위험하다면서 절 계속 집 안에만 있게 했습니다. 전 세상과 단절되고 도헌이에게만 의지하여만 살아갈 수 있는 사람이 되어버렸습니다.

우리의 관계가 어디서부터 문제였고, 언제 고칠 수 있었는지에 대해 생각해 보았지만, 답은 없었다는 걸 알았기에 저는 생각을 멈췄습니다. 하지만 오늘은 예전과 다르게 집 밖을 나가보려고 합니다! 말도 없이 나가면 도헌이가 걱정하니 짧은 편지를 쓰고 갈 생각이에요.

4. 오늘은

To. 도헌아

요즘 집 안이 갑갑해서 오늘은 네 말
을 어기고 집 밖으로 나갈 계획이야.

이렇게 갑자기 말해서 많이 놀랐지? 네가
날 집 안에만 둬서 너무 갑갑해서 그랬어.

오랜만에 밖에 나가서 햇빛도 쐬고,
근처 공원에 산책하러 나갈 거야.

나 없어졌다고 너무 놀라지 말고, 금방 돌아올게.

그때까지 혼자 잘 있을 수 있지?

짧은 편지를 식탁에 올려두고 문을 활짝 엽니다. 그리고 저 차가운 바닥에 발을 디딥니다. 천천히, 한 발짝 한 발짝, 조심스럽게 나아가다 집 밖으로 나갑니다. 집 밖으로 나가자 느껴지는 차가운 공기와 온몸으로 느껴지는 풀의 감촉에 저절로 미소가 지어집니다. 주변에선 사람들의 비명이 들리는데, 전 그 이유를 모르겠어요. 그런데 머리 쪽이 점점 따뜻해지고 있어요. 왜 그런 걸까요? 점점 시야가 흐려지는 것 같아요. 그럼, 눈을 감을 시간이라는 거겠죠? 밖에서 자면 위험하다고 도헌이가 말해줬는데. 그렇지만 전 밖이 너무 좋아요. 집 안에만 있던 탓에 절 바라보는 많은 시선들이 부담스럽지만 지금 느끼고 있는 풀밭의 감촉과 서늘한 공기가 절 감싸는 게 너무 좋아요. 뭔가 다신 도헌이를 보지 못 할 것 같은 기분이 들지만, 그 아이는 제가 없어도 잘 수 있을 거예요.

　　　　　일단, 피폐물

망할 첫사랑

박시연

5월이었다.

캘 만큼 캘 수 있는 더위가 이미 땅 위로 비어져 나오는 계절. 교실엔 에어컨이 켜지길 바라는 숨이 가득했고, 그 무렵 내 첫사랑도 그렇게 뜨겁게 시작됐다.

그녀의 얼굴을 처음 본 건 사진이었다.

이상형이라는 단어가 사람 얼굴 하나에 이렇게 정확히 들어맞을 수 있나 싶을 정도로, 숨이 멎는 기분이었다. 멍하게 사진만 보다가, 결국 손이 떨리며 '안녕.'이라는 두 글자를 보내는 데 몇 시간이 걸렸다.

답장은 짧았다.

- 응

몇 시간을 고르고 또 고른 인사가 3초 만에 잘려나가는 느낌. 소개해준 친구가 말하길, "말이 좀 없긴 해." 했는데 이 정도일 줄은 몰랐다. 어떻게든 대화 이어가 보려고 고전 문학을 꺼냈다.

- 고전 문학 좋아해?
- 난 젊은 베르테르의 슬픔 좋아해
- 나도 좋아해. 그중에 에마가 좋아

그녀는 짧게 말했고, 나는 계속 질문을 던지며 대화

 일단, 피폐물

를 끌고 갔다. 20분 정도 지나자 주제가 바닥났다. 대화는 그렇게 끝났고, 나도 그냥 잠들었다.

다음날부터도 연락은 이어졌다.

친구는 "오늘 얘 만날래?"라며 약속을 잡으려고 했지만, 장소 설명은 애매했고, 나도 갑작스러운 만남이 부담스러워 결국 그날은 보지 못했다.

결과적으로, 우리는 끝내 한 번도 실제로 만나지 못했다. 그런데도 이상하게 연락은 끊기지 않았다. 때로는 그녀가 먼저 연락했다. 오글거리지만 웃음이 나는 말들도 몇 번 있었다.

어느 날, 친구가 "인스타 확인해봐!"라고 해서 열어보니 그녀에게 메시지가 와 있었다.

– 현활*이라 연락했어. 뭐 해?

입꼬리가 알아서 올라갔다.

– 수행평가 중이야. 지금 몰래 너랑 연락하고 있어. 걸리면 감점이래

그녀는 말했다.

---

* 현활 : '현재활동중'의 줄임말, SNS에서 로그인하고 활동 중일 때를 의미한다.

- ㅋㅋㅋㅋ 귀엽다

귀엽다.

예상하지 못했던 단어 하나에 심장이 제멋대로였다.

- 귀엽다라는 말 오랜만인 듯
- 진짜? 내가 처음은 아니네. 아쉽다. ㅜㅜ

그녀는 늘 짧게 말하던 애였다.

그런 애에게 이런 말까지 들리니, 머릿속은 이미 꽃밭이었다. 그날 나는 처음으로 '고백하면 진짜 사귀게 될까?'라는 생각을 했다.

하지만 문제는 서서히 드러났다.

연락이 안 되는 시간이 길어지기 시작했다. 처음엔 '운동부니까 바쁘겠지'라고 이해했다. 입원이라거나, 대회 준비라거나, 다 이해했다. 그런데 어느 날은 5일 동안 연락이 안 됐다.

그래서 조심스럽게 물었다.

- 혹시 내가 계속 연락하는 거 부담스러워?
- 아냐. 너랑 연락하는 거 좋아. 근데 내가 잘 안 되네…

    일단, 피폐물

그 말에 잠시 안심했지만, 진짜 문제는 그 뒤였다.

그녀에게 관심 있는 사람이 생겼다. 처음엔 "그래도 나랑 연락하고 있으니까 괜찮겠지."라고 스스로를 달랬다.

하지만 어느 날 들려온 건 어이없는 소식이었다. 그 사람이 그녀네 집에서 저녁을 먹고 있었다.

그것도 그녀가 직접 차려준.

더 웃긴 건 그 '관심 있는 사람'이 초3~중1 때 사귀다 헤어진 전여친이었다. 그리고 그 전여친은 내 존재를 이미 알고 있었고, 이렇게 말했다고 했다.

– 둘이 아직 썸도 아니고 사귀는 것도 아니잖아. 내가 뭘 해도 문제 없지

주변 친구들조차 말했다.

– 진짜 사귀는 사이 아니니까… 뭐…

나는 문제가 있었다.

나는 심각했다.

하지만 할 수 있는 게 없었다.

연락은 더 뜸해졌고, 결국 그녀가 먼저 말했다.

- 연락도 잘 못하고… 요즘 신경 쓰이는 애도 있고… 너랑 연인으로 발전은 못할 것 같아. 그래도 넌 좋은 애야

그래도 넌 좋은 애?

그럼 어쩔 건데.

내가 뭘 더 어떻게 해야 했는데.

하지만 따지면 내가 더 초라해질 것 같았다.

그래서 그냥,

- 아, 그래

그 한마디만 남기고 끝냈다.

수업 내내 울었고, 45분 동안 울다가 열까지 났다. 시간이 지나면서 잊혀가는 줄 알았다. 시험 공부하고, 친구들이랑 지내면서. 그러다 어느 날 문득 떠올라서, 그녀 사진을 검색해봤다.

그런데, 나오는 건 틱톡커의 영상이었다. 친구가 보여준 사진과 완전히 같은 얼굴. 그녀가 도용했든, 아니면 친구가 도용했든, 어쨌든 그녀는 존재하지 않았다.

가슴이 푹 꺼지는 느낌이었다. 내가 자랑했던 그 모든 게… 도용된 얼굴이라고?

친구에게 따졌고, 크게 싸웠다. 화해는 했지만 다시 예전처럼 지내진 못했다.

몇 주 후에 다른 친구가 조용히 말했다.

– 그거… 걔가 만든 가짜래. 1인 2역 했대

순간 머릿속이 하얘졌다.

그럼 내가 했던 대화는?

설렜던 순간은?

울던 밤들은?

고백 고민했던 시간은?

다른 사람에게는 장난이고, 나에게는 첫사랑이었다.

내 두 달은 그렇게 완전히 사라졌다.

박시연 작가의 말

이 책에 담긴 〈그날, 바다에〉는 어렸을 적 만났던 사람을 고등학생이 되어서 다시 만나고 그 이후에 있는 사건들을 담은 이야기입니다. 이어서 두 번째로 담긴 〈망할 첫사랑〉은 5월에 시작한 첫사랑과 연인까지 갈 줄 알았지만, 잘 이뤄지지 않은 마지막에 반전이 있는 이야기입니다.

작가단에 들어오고 이후, 처음으로 2개의 원고를 준비했습니다. 본인이 느끼기엔 부족한 글이지만 재밌게 읽어주세요.

 일단, 피폐물

라즈베리

정아람

까슬한 것이 여린 살에 닿는다. 간지러움에 몸부림을 치면, 점점 나를 옥죄여온다. 붉은 과즙을 가진 라즈베리 한 알이 되어. 황홀한 단맛으로. 달게 익은 라즈베리는 의도하지 않더라도 날카로운 부리에 쪼여 잡아먹힌다. 물어뜯은 손톱은 날카로워서. 여린 살에서 과즙이 흐른다. 달다. 단가. 터무니없는 나의 질문에 미소 짓는 얼굴은 가식이다. 눈을 뜨고 있어도 바라보고 있는 것은 아니다. 초점 없는 눈동자. 과육을 가르는 송곳니. 얇은 종이에 베인 귓바퀴. 윙윙거리는 머리는 심장에 매미가 붙어있는지 의심케 한다. 구멍에서 쏟아지는 방을에 두려움 느끼기가 재능이고. 혓바닥에 새겨진 따가운 냄새에 머리가 어지러워진다.

다시. 흐린 눈앞에 정신 못 차리고. 기도로 물이 들어가, 구름 낀 폐 속에는 비 내리다, 눈뜨면 꿈, 꿈, 꿈, 꿈, 꿈, 꿈, 꿈.

네가 가진 것은 과육이 아닌, 껍데기. 먹지 않는 것. 쓴맛. 쓰다. 쓰지? 껍질은 과육을 지키기 위해 존재하고, 껍질을 까는 이유는 과육을 즐기기 위해서인데. 너는 껍질을 핥고, 과육을 버린다. 쓴 껍데기에 묻은 단 과육의 향만을 즐긴다. 차라리, 과육까지, 남김없이,

찬 공기에 눈을 뜬다. 손목에 박힌 바늘 감각이 서늘하다. 아프다, 한마디 못 하고 신음으로 가둔다. 들려

     일단, 피폐물

오는 목소리, 고함, 소음. 이 중 분명 너도 있지만 알아듣지 못한다. 꿈이 아니었구나. 왜. 불투명한 숨으로만 정신을 차려야 한다. 그래, 그럴 수가. 비몽사몽인 속을 걷는다. 귓구멍 사이로 흐르는 소음을 듣지 못한 체한다.

터무니없는 것은 되려 나를 편안케 만든다. 마치 내가 살아있다는 그런 것. 그런 것이 현실로 다가오면, 지금껏 느끼길 피했던 감각이 기어 온다. 라즈베리 청이 식도에 흘러 들어오는 듯한. 역류 같은 것은 하지 않는다. 존재 자체가 역류라. 거꾸로 쏟는 게 아니라, 올바른 곳으로 흘러내리는 것.

– 안녕

소음에 꿈에서 깬다. 어디서부터 어디까지가 꿈인지 알 수 없다. 귀가 찢기는 듯한 고통이 날 괴롭힌다. 저것이 꿈이길 확신하고 싶다. 무릎을 피면 무너지는 지렁이 굴을 기어가, 살짝 열린 틈새로 악몽을 마주한다. 안녕. 아니, 안녕하지 못해. 오랜만인 살가죽에 거부감이 밀려온다. 익숙해진 배치. 익숙해질 소음. 단정 짓겠다. 너는 큰 파도 같은 악몽이구나.

여리게도 날카로이 내려다보는 시선은 익숙해질 리 없다. 시선에 닿는 피부의 감각이 생생하다. 뜨겁고,

차고, 역겹고, 따갑고, 더럽고, 순수하며, 혐오스럽다. 차라리 라즈베리 청이 가득 담긴 욕조에서 반신욕을 하자. 끈적이는 끔찍함에 누워 혐오감을 느끼는 거야. 문틈 사이로 흘러오는 시선을 피한다. 끈적이는 청에 머리끝까지 담을 걸 그랬나. 무력감이 숨구멍을 막는다. 불편, 아니 불안? 목덜미에 열린 라즈베리를 터트린다. 과즙이 손에 닿아 끈적인다. 찝찝한 감각에 문을 닫는다. 닫힌 문 뒤에 발걸음 소리는 나지 않는다. 문 너머에서 나를 기다리고 있는 너를 안다. 그냥 선을 넘으면, 네가 그래 준다면, 좋을 텐데. 아직 너에게 할 수 있는 것은 아무것도 없다.

시선이 느껴진다. 너 아직 거기 있지? 뭘 봐. 계속. 방관하는 게 네 취미니? 압박되는 감각, 조여지는 감각, 그리고 자연스레 올라오는 물이 눈에서 흐르는 감각. 너는 그것을 구경하러 온 거잖아. 얇은 종이를 구기면 나는 소리를 나에게서 듣고 싶은 거잖아. 지금 나를 보는 너를 알아. 나의 절망을 보기 위해 이곳에 온 거잖아. 희열감을 위해 나를 보러 온 네가 혐오감을 가지고 떠났으면 좋겠어. 당장 문 앞에서 떠나. 나를 보려 하지 마. 라즈베리를 더 이상 따지 마. 하나 남은 지렁이를 가져가지 마.

발걸음 소리는 나지 않는다. 네 인기척을 느낀다. 그

   일단, 피폐물

래, 너는 내가 만든 환상이고 환각이다. 경직된 나의 곁을 지킬 이가 있을 리가. 너는 나의 망상이다. 뿌리가 깊이 퍼져 있는 나의 혈관. 파란 혈관이 피부를 뚫고 관목이 자란다. 붉은 라즈베리 관목. 나의 정체, 너의 욕망이 응축된 라즈베리 관목. 그것이 다 자라 따먹을 수 있을 때쯤이 되면. 바로 시들어 사라진다. 상하기 전에 먹어야 하는 라즈베리를 너에게 주기 싫어서. 끔찍하게 단 설탕을 붓는다. 청을 만드는 법. 뜨거운 청, 청, 청. 아, 어린 날의 푸른 꿈으로 돌아가는 것은 질색이다.

어떤 이가 어린 시절은 아름답기만 하다고 할 수 있겠는가. 잊었더라도 남아있는 것이 어린 날의 흉인 터라. 심장 깊은 곳을 파고들어서. 마치 붉은 라즈베리 관목 뿌리가 혈관을 타고 넘어 심장까지 감싼 듯. 자국에 남은 상처는 영원하다. 그것이 실수더라도. 도리어 실수의 흔적이 더욱 진한 영원이다. 봐. 나는 잊지 않았어. 유리 조각 박혀, 소독약 냄새 진한 곳의 기억은 잊을 수가 없고. 그의 흉까지도 영원한 것을. 모두가 잊어도, 나는 알기에. 나는 가지고 있기에 더러운 당신 과거의 영광을.

푹신한 방석은 누군가의 과거를 끄집어내기에 적합하다. 내용이 어떻든. 모든 과거는 현재를 괴롭게 만든다. 과거는 마치 깊은 심해와도 같아서. 한 번 들어가면 압력에 혈관은 모두 터져버린다. 라즈베리 청이 흐르고. 찬 열기에 정신 못 차리다, 넘쳐흐르는 과즙을 다 쏟아내고 나서야 정신을 차릴 수 있다.

안녕. 작별을 고한다. 셀 수 없을 만큼 작별을 고했다. 그러나 내가 원하는 작별을 찾아올 기미를 보이지 않는다. 잠은 올 기미를 보이지 않고. 인연은 갈 기미를 보이지 않는다. 과즙은 모두 쏟아내어. 이제는 썩어가는 과육밖에 남지 않았다. 단내 사라진 과육을 먹어줄 이가 있나. 그래, 너도 똑같으니. 아직 문 앞에서 나를 기다리고 있는 나의 망상아. 작별을 고한다. 제발, 안녕.

갈증은 신이 주신 첫 번째 지옥임이 분명하다. 입안 가득하던 침이 말라간다. 액체를 갈구하고. 썩은 내 나는 물만을 바라본다. 문 너머에는 여전히 네가 있다. 너는 신이 내린 두 번째 악몽이니. 지옥과 악몽 사이에 혼란을 겪다, 결국 악몽을 고른다. 악몽도 결국 꿈인지라. 황홀한 단맛의 뒷면이 지옥임을 외면하고 단 내를 즐기기로 한다.

— 가줘, 제발. 잠깐이라도

가줘. 제발. 잠깐이어도 돼. 너의 존재로 내가 문을

        일단, 피폐물

열기가 두려워져. 다시 너의 시선에 내가 베일까 봐. 과즙은 모두 흘렸지만, 과육은 아직 남아있어서. 썩었음에도 여전히 상처를 느끼는 나를 위해. 배려를 바란다. 너에게 전하는 짤막한 말의 대답은 귀를 간지럽히는 소리로 대체된다. 가벼운 문이 열리는 감각은 결코 가볍지 않아서. 지렁이 굴의 환상이 깨진다. 십 평 남짓에 투룸이 너무 크다. 너라는 존재가 짙게 남아있는 공간에서 발을 내디딘다. 지우고 싶지만 지우지 못하는 너의 향이 느껴진다. 굳게 닫힌 문 너머로 나를 기다리는 너를 안다. 지워도 지워지지 않는다.

끓는 물에 급히 우린 메리골드 차에 네모난 얼음 여섯 개를 집어넣는다. 하나, 둘, 셋, 넷, … 열. 미지근해진 잔을 손에 쥔다. 홀짝이면. 따스함과 시린 맛이 동시에 들어온다. 섞이지 못한 온도가 피부로 스며든다. 한 끗 차이로 혓바늘에 닿는 찬기가 변한다. 반지에 쓸린 손가락에 시선을 옮기면 얼음은 모두 녹아있다. 초록의 색채에서 가벼운 부드러움이 나를 현혹한다. 블라인드 사이로 보이는 신호등의 초록 불만큼의 단맛이 입천장을 간지럽히고 쏩쓸한 이별의 청록이 나에게 작별을 고한다. 은은하게 남아있는 이별의 후회는 괴롭다.

잔혹한 이야기는 언제까지나 지렁이 굴에만 있을 수

없다는 것이다. 습기에 젖어 구겨도 소리 나지 않는 종이를 바라본다. 습한 지렁이 굴에서 나가는 순간 말라 비틀어질 것을 안다면. 벗어나기 전에 나를 애도하자. 불안정한 것이 만든 안정을 추구하는 공간에서 벗어나야 함을. 끝맺지 못하는 문장들을 집어삼키면서 옷을 껴입는다. 매미가 비 쏟아지듯 우는 계절에. 따뜻한 지렁이 굴을 벗어나면 찬기가 발바닥부터 간지럽힌다.

따가운 햇볕의 농도는 짙다. 그림자 하나 없는 세상은 어둡다. 희석의 말뜻은 마주함이라. 필터 씌운 회색빛 도심을 지난다. 지나다니는 사람들의 소음을 철저히 무시하고. 붉은빛을 내는 신호등의 뜻을 거부한다.

깊은 애도를 표한다. 땅 깊이 묻혀 사는 것이 땅 위로 올라오니, 결국. 소독약 향. 이런 향수가 있다면 내가 가장 혐오하는 너에게 주고 싶다. 잔혹한 수술대 위에서, 울리는 진동에 나의 살갗이 벗겨진다. 아프다. 분명 아프지 않다는데, 단맛이 나는 이유는 무엇일까. 시린 아픔에 단 향이 떨어진다. 뚝, 뚝, 뚝. 어쩔 수 없이 해야 한다는 것을 알지만, 부정한다. 나를 이리 만든 것은 오로지 너이다.

오랜만인 공기는 두통을 만들어내고. 두통은 각성제를 찾는다. 어두운 한낮에 오랜만인 카페인을. 싸구려

　　　일단, 피폐물

원두에 탄 맛이 나는 역한 카페인 음료. 천오백 원이면 될까요. 그 짧은 한마디도 어려운 나는,

아, 아, 저, 저, 찬, 차가운, 아, 아이스 요, 아이스, 아메리카노, 네, 커피, 하 나, 주세요, 천, 오백, 원, 맞나요,

너는 말 한마디 제대로 하지 못해 발끝부터 몸이 달아오르는 느낌을 알아? 한 문장도 제대로 말하지 못하는 나의 옆에 있는 것은 나를 방치하고, 그런데도 나는 나의 곁에 남은 너에게 기댄다. 얼굴에는 뜨거운 열이 올라, 한여름이 된 것처럼 식은땀을 흘린다. 아메리카노가 나와 이 자리를 벗어날 수 있을 때까지 몇 번이고 붉어진 얼굴과 불안정하고 덜떨어진 나의 모습을 되새김한다. 그럴 수 있어, 그럴 수 있다고 되뇌어봐도, 그럴 수 없는걸. 계속 그러잖아. 이래서 내가 나오지 않는 거야. 지렁이 굴 밖에 나오면 이럴 게 분명하잖아.

아, 아, 아이스요. 내가 날 향해 조롱한다. 한 걸음 내디딜 때마다 역겨움이 쌓인다. 나도 내가 더럽고, 역겹고, 치사하고, 끔찍하고, 너무나도 별로라 나도 나와 함께 있고 싶지가 않은데. 왜 너는 내 옆에 있는 거야? 너도 나를 조롱하고 싶어서 그런 거지? 아니면 내 고통을 구경하고 싶어서? 아, 아니야. 미안해. 내 곁에

있는 건 오로지 너뿐인데, 너뿐이라 너를 원망한다. 너는 분명 한 것이 아무것도 없는데. 아무것도…

방치된 아메리카노에서 희뿌연 곰팡이가 피어난다. 쓴맛에 역겨움이 함께하는 기분은 말로 형용이 힘들다. 소독약 향수는 이제 지쳐서. 더 이상 마시지 않는다. 디퓨저로서 자리를 지킨다. 곰팡이가 저것을 다 마셔버릴 때까지. 카페인에 중독되어 사라지기만을 바라며.

방의 벽지는 까슬거린다. 암막 커튼의 색은 회색빛이고 책장엔 먼지 쌓여 폐를 망가트린다. 가득 쌓인 책더미에는 거미가 기어다닌다. 걸린 옷들에서 지독한 냄새가 흩뿌려지고 이불에 묻은 붉은 자국이 시선을 이끈다. 곰팡이 핀 아메리카로의 향을 디퓨저로 두고 전시장과 같은 더러운 예술의 장에서 잠에 든다. 복부에 느껴지는 음식물이 소화되는 감각. 위액이 요동치는 감각이 잠을 깨우고 두통에 잠들 수도 없게 고통받는다. 아프다는 말은 신음으로 삼켜진다.

지렁이 굴에서 나가고 있지 않은 나를 너는 계속 지켜본다. 이 정도면 그만해도 되지 않을까. 어디까지 나를 망치고 싶은 걸까. 너로 인해 내가 안정됨을 알지만, 너로서 내가 망가지는 것 또한 알고 있다. 온전할 때가 온전치 않을 때보다 아픔이 더욱 잘 느껴짐을 체

　　　　일단, 피폐물

험한다. 아프다. 들어올래, 들어와도 돼. 버티는 것은 되려 탈출구를 막고 있는 쪽이었나. 생각이란 행위가 의미가 없어진다.

　– 네 맘대로 해

　문고리가 움직인다. 서서히 열리는 문틈 사이에서 차가운 바람이 쏟아져 내린다. 촉촉하던 흙이 말라버린다. 지렁이, 지렁이가 사라졌네. 저 문틈 사이로 떠나버렸네. 이제 지렁이는 무엇이 되려나. 절대 얼굴을 마주하지 않는 나의 등을 뚫어져라 바라보는 시선. 차마 싫다고 말할 수가 없어. 눈을 감고 너를 받아들인다. 익숙하고 싶지 않은 향에 정신을 놓는다.

　굳은살 박인 따가운 손길이 등을 부드러이 쓰다듬는다. 마치 어린 날 노모가 아이의 잠을 불러오듯. 까슬한 감각에 눈을 감으면 오로지 손길만이 느껴진다. 모든 신경이 집중된다. 새우잠 자는 아이의 자세는 바뀔 기미가 보이지 않는다. 거미가 온몸을 기어가듯. 손끝부터 어루만지는 모습이 참 너답다. 소설 속 한 장면도 이럴 수는 없다. 그토록 혐오하는 이에게 쓰다듬을 받는 것이 안정될 수 있다는 것은 꿈보다도 못하다. 망상으로 만들어낸 너의 모습이 실재하는 감각이 웃기다.

　혈관에 이어져 있는 관목의 뿌리가 자란다. 관목의

줄기에서 이파리가 돋아나고, 꽃 한 송이가 피어나면, 오래가지 않는 아름다움이 흩날린다. 붉은 라즈베리가 자라면 드디어 혀가 아리도록 단 단맛을 느낄 수 있음을 기대한다.

다 녹아 끈적거리는 아이스크림 위를 지나가면 아무 말 안 하면서, 끈적이는 발로 너의 공간을 들어서면 바로 나를 만지지. 더럽네. 인위적인 라즈베리 아이스크림의 맛. 달기만 한 라즈베리의 맛. 인위적인 것에 중독되면 안 돼. 말하면서도, 그것에 시선이 가고. 현혹되어 한 번 핥으면 아이스크림이 빠르게 녹기 시작해, 물이 되어 떨어진다. 끈적이는 불쾌함. 우리 사이의 작품.

이유 없는 두려움이라 말하고, 이유를 숨긴다. 이유가 있음을 아는데, 마주하기가 두려워. 눈을 가린다. 아무것도 보지 않을 수 있잖아. 도망치고, 외면하는 것이 일상. 추상적인 것으로 미화한다. 그래야, 나도 편하고 너도 좋잖아. 자세하게 설명할수록 아파지는 것이 진실임을 안다. 상처를 깊게 들여다볼 생각을 하지 마. 상처를 벌리면 더 깊이 찢어진다는 걸 너도 알잖아. 제발, 그만 봐. 이제 안 보면 안 돼? 내 절망을 이리도 자세히 들여다봐야겠어? 애원하듯 말해도 뚫어져라 바라보는 시선이 아프다. 우리 이제 더 이상 보지

　　　　일단, 피폐물

말자. 너는 나를 아프게 하고, 나는 너에게 혐오감을 주잖아. 구역질 나오는 관계를 끊어내자. 종이를 더 이상 넘기지 마. 보는 것을 그만두면, 동시에 끝나는 우리 사이를. 실은 너도 알고 있잖아. 구경거리가 된 채 안녕을 기다린다. 안녕, 안녕, 안녕, 안녕. 내가 인사하잖아. 이제 가면 안 돼? 아파.

절망까지 앗아간 너의 손길에 아파하다, 눈물 흘리면. 눈물 닦는 손끝에 느껴지는 속눈썹이 만져지는 감각. 무서워, 무섭다고 해도 너는 아무 말 하지 않는다. 이제 원물은 없고, 설탕물만이 남아서. 단맛에 혀가 아리다. 원물에서 느껴지는 단맛이 아닌. 인위적인 단맛. 끔찍하다. 역겨운 단맛에 면역이 없다. 중독되면 안 되기에 두려움을 느낀다. 불량 식품에 입맛이 현혹되듯이. 무뎌진 감각이 재생하기 시작한다. 무섭다. 말랑한 혀가 씹힌다. 아프다. 아프지 말아야 하는데. 거짓이라고 느끼고 싶어. 네가 준 모든 것을 벗어던지고 싶은 충동에 빠진다. 그 순간 뭉게구름과 같던 것은 한순간에 무너져. 그래, 나는 원래 과즙 잃은 라즈베리였다.

살짝 열린 창문 틈새로 바람의 촉각을 느낀다. 역겨움의 향, 두려움의 느낌, 끔찍함의 온도, 모든 것을 거짓이 아닌 진실임을 인정한다. 다시금 까슬한 것에 손을 댄다. 간지러운 느낌에 몸부림쳤던 것을 기억하면서. 목뒤에 말라붙은 라즈베리를 건드린다. 달지 않은 라즈베리의 맛은 그리 달갑지 않다. 단 라즈베리는 나만이 맛보고 싶으니. 이제는 나를 라즈베리로, 너를 포식자로.

 – 하지 마

여전하게 나를 통제하려는 너의 목소리는 차갑다. 네가 할 수 있는 것은 없다. 네가 나의 방문 앞에서 나를 기다리는 모습은 한없이 초라하다. 나의 한숨까지 통제하고 싶은 너의 목소리는 떨린다. 동반자가 아닌, 소유물. 애정하는 것이 망가지면 슬프듯이. 슬픔의 목소리에서 나를 위함은 느껴지지 않는다. 이것 모두 나의 망상으로 치부하려는 너의 말에서도 묻어난다. 사소한 선택조차 통제되는 나에게.

신맛 없이 잘 익은 라즈베리는 날카로운 부리를 가진 새에게 쪼아 먹힌다. 라즈베리를 지키려 유리병 속에 가두면, 라즈베리는 썩어 문드러진다. 두 가지의 절망적인 선택지 중에서, 라즈베리는 혼자 외로이 썩어 문드러지는 것을 택한다. 부드러이 자신을 보살펴주던 것까지 무시하고. 시큼한 냄새의 끔찍한 끈적함에 몸을 담고. 불편한 부패취에 혈을 쏟아낸다. 발효되는 감각. 부정하던 쓴 과즙이 흘러. 붉은 라즈베리 관목

     일단, 피폐물

이 시든다. 예정되어 있던 현재. 실재했던 운명. 따갑기 그지없는 라즈베리 관목의 가시가 연해진다. 더 이상 베이지 않을 검지에 남아있는 흉을 즐기며.

– 널 위해서야

문고리가 사라진 문을 빤히 바라본다. 분명 날 위함이 아님을 안다. 하지만, 그러지 않아도 됐잖아. 언제든 들어올 수 있는 잠기지 않은 문을 잠겨있다는 듯이 행동하고 나의 탓으로 만든다. 문을 잠갔기에, 문고리를 없앤 거야. 네가 위험한 선택을 하려 했잖아. 문을 굳게 잠근 채로, 나 없이. 아니야, 아니라고 해도 네 세계의 잘못은 모두 나로서 만들어진다. 모든 것의 이유가 나로서 완성된다.

안정적이던 지렁이 굴이 무너진다. 전시회가 열린다. 떨리는 다리에 공간이 흔들린다. 전시 되어있는 역겨운 쓰레기들의 잔해가 일그러진다. 새콤한 맛의 천국은 지독한 과거를 연상시킨다. 희뿌연 곰팡이 핀 아메리카노의 맛. 본래의 향은 사라져, 신맛이 혀끝을 괴롭히고 따가운 기도에 곰팡이가 흘러 들어간다. 온몸에 털이 돋아나는 느낌. 붉게 변하는 피부의 변덕. 온몸의 구멍 안에서부터 개미가 기어다니는 듯한.

– 먹어

하나, 둘, 셋, 넷, … 열. 네가 타 준 메리골드 차에는 짙은 쓴맛만 난다. 손에 쥐어진 것은 약. 노란색, 주황색, 빨간색. 난색의 현혹을 삼키고. 어지럽다. 끔찍한 환각. 메리골드 차의 얼음은 이미 다 녹아버렸고. 잡을 수 있는 것은 푹신한 방석. 물론 힘이 들어가지 않는 손으로 할 수 있는 것은 쓰다듬는 것뿐. 풀리는 힘. 감기는 눈. 네가 준 알약은 나를 죽이기 가장 쉬운 방법. 하지만, 쉬운 것은 하나 없어서. 죽지 않는 새. 떠날 수 없는 지렁이. 푹신한 방석 위 먼지의 흔적. 흉터. 나의 망상. 너의 실재. 희미해지는 환각. 너의 손길. 선명해지는 시선. 열이 오르는 손목. 화상. 아픔을 이기지 못하고 쓰러지는 꿈. 흐르지 않는 시간. 너.

파편들을 모두 주워 담는다고 그림이 완성되지는 않아. 꿈과 현실의 희미한 경계. 기억의 파편이 흩날리는 이유. 잃어버린 라즈베리의 과즙. 썩어가는 라즈베리의 과육. 모순된 이야기를 지적하는 닫힌 입. 있잖아. 내가 모를 것 같아? 절망을 유희거리로 보는 시선. 끔찍함을 표현해 주기를 바라는 본성. 고통받는 것을 즐기면서, 진한 고통의 죄책감은 피하는 모순. 파편적인 기억의 연장선. 다파. 아프다. 나의 절망을 유희거리로 쓰는 모습이 참으로 역하다. 울렁이는 속. 끔찍함을 대변하는 위장. 기희를 위한 포기를 한계에 부딪친 포기

          일단, 피폐물

로 바꾸는 것. 역겨움의 한계치.

　방관자의 위치에 있고 싶던 너는 결국 가해자이고. 네가 만든 상처를 치료해 주는 이가 또, 너라서. 다정함이라 오해한 나의 실수를. 위장에서부터 자라나는 라즈베리 관목을. 입을 다물 수 없게 자란 라즈베리 관목. 줄기에 돋아난 가시에 찔려 상처 나는 위장. 환상적인 단맛의 과즙은 그마저도 아름다운 고통으로 승화한다.

　사랑해. 널 사랑해서 이러는 거잖아. 사랑이 아닌 거 알아. 또 다친 거야? 아니야. 넌 진짜 왜 그래? 아니야. 내가 너를 위해 얼마나 노력하는데. 위해? 걱정하지 마. 네가 싫어. 너는 왜 그렇게 살아? 왜? 네가 원한 게 결국 이런 거야? 아니야. 내가 없으면 넌 어쩌려고 그래? 아니야. 내가 아니면 누가 널 사랑해. 아니야. 정신 차려. 아니야. 그렇게 하지 말랬잖아. 미안해. 그런데. 나는 널 위해서 이러는 거야. 아니잖아. 날 왜 거부해. 그게 아니라. 나만큼 널 사랑하는 사람이 어디 있다고. 아니. 솔직히 생각해 봐. 내가 널 얼마나 챙기는지. 미안. 이런 게 사랑이야. 사랑이야? 너 지금 완전 최악인 거 알아? 미안해. 아니, 아니잖아. 네가 어떻게 나한테 그래? 네가 먼저. 사랑해. 아니야. 예쁘다. 아니라고. 내 옆에만 있어. 싫어. 아름다운 너를 사랑해

줄게. 싫어. 정신 차려. 아니야. 너에겐 나뿐이잖아. 아
니야. 아니라고. 싫어. 제발.

　- 사랑해

　닫히지 않는 문 사이로 들려오는 소음은 역겹다. 날
카로운 손길이 나의 팔목을 붙잡는다. 당장이라도 쳐
내고 싶지만, 마지막이라도 아름다웠으면 해서. 그 과
정까지 아름답기 위해. 썩은 라즈베리를 유리병 속에
집어넣고 아름답게 포장해 마지막의 선물로 준비한
다. 너의 손이 아니라, 나의 손으로 준비하는 우리의
마지막. 마지막. 정말, 제발, 마지막이기를.

　- 나가자. 너를 위해 준비한 게 있어

　날카로운 소음에 고막에 상처가 나듯, 투명한 과즙
을 흘린다. 나의 기대를 저버리지 않는 너는 결국 나와
비슷한 존재였다. 그러나, 색채가 뚜렷한 개성의 흔은
억압될 것이 분명하니, 속으로 삼켜 회색빛의 흔을 내
보인다. 만족하는 얼굴이 종이였다면, 마음껏 찢어버
릴 수 있을 텐데. 이제는 그리 예민하던 감각조차 무뎌
져. 너의 나로 존재하던 유일한 개성이 사그라진다.

　흐르는 구름의 온기. 의식 없는 걸음. 땀 차는 게 싫
다는 이유로 놓아진 너와 나의 손. 나를 위해서라고 포

　　　일단, 피폐물

장되는 너를 위한 것들. 어색한 공간에서 흐르는 익숙한 역겨움. 잠겨있는 뚜껑 넘어 맡아지는 곰팡이의 향. 너의 눈동자에는 내가 비치지 않고. 네가 한눈판 사이에, 네가 채운 것들에서 하나씩 벗어난다. 목줄과도 다름없던 것들이 하나둘 나의 품을 떠난다. 허전해진 목을 매만진다. 아아, 오랜만에 느끼는 해방감. 어중간하지만 숨이 트이는 것이 놀랍게도 고통스럽다. 숨 쉬는 것조차 힘들었으면서. 편히 쉴 수 있게 되자 고통을 느끼는 모순.

– 네가 주문해

기어코 나를 지옥과 마주하게 시키려 하는 악몽. 이 순간이 마지막임을 안다면, 너는 똑같이 행동할까. 해방감이 익숙하지 않아 온몸을 긁는다. 긁은 자리는 살갗이 벗겨져 따갑다. 완전한 해방이 찾아오면 어떤 고통이 찾아올까. 무섭다. 너의 손길이 느껴지면, 그제야 머리가 돌아가고. 현실로 다가오는 악몽 같은 감각들에 다시금 혼란이 찾아온다.

네 시, 표, 아, 네, 두 개,
맞아요, 그거, 아, 네, 네,

그만, 제발 그만. 지금 느끼는 것들이 실재하지 않는다. 무감각하다. 예민하던 감각이 무뎌지고. 재밌니.

무지개 담겨 있는 하늘의 색은 없는 터라. 내가 널 볼 수도 없다. 아파, 아프네. 그래, 그렇지. 주변에 있는 모든 물체에 불쾌함을 느낀다. 방황하는 시선에 담기는 것들이 나를 밀어낸다. 부정한다. 뭐야. 뭔데. 제발. 옥수수, 탄산, 설탕, 버터, 솜, 플라스틱, 종이, 빛, 가죽, 암흑, 전구, 석, 안경, 거울, 아, 아, 아, 아, 제발 그만.

손을 가만히 둘 수 없다. 다리는 떨리고. 몸은 흔들린다. 손가락 사이 땀이 흐르고. 불안함에 안정을 줄 수 있는 것을 찾는다. 애석하게도 지렁이 없는 공간은 무척이나 시리다. 얼어가는 손끝을 녹이려고 이리 움직이는 거야. 그래, 나는 얼고 있다. 여기에는 메리골드 차도, 지렁이도 없어. 그러니 움직여야 해. 얼어버리면 안 되잖아. 아, 동사란 외로움이라. 드디어 네가 외로움을 채워주는 존재가 아니라는 것을 증명하겠구나.

가식과 거짓으로 점철된 것은 취향이 아니라. 형식적으로 너의 옆에 앉아 시간을 보낸다. 손가락에 짙게 끼워진 반지가 걸리적거린다. 끼우는 것은 쉽지만, 빼는 것은 어려워서. 오래된 반지는 손가락에 쓰라린 흉을 새긴다. 끝나지 않을 것만 같은 시간을 쓰라림으로 보낸다. 모든 선택이 너의 결정이다. 네가 모르는 우리

　　　　일단, 피폐물

의 마지막까지도 너는 오로지 너이다.

치즈 케이크. 유일하게 싫어하는 것. 네가 유일하게 좋아하는 것. 울렁거리는 위장은 무시한다. 네가 좋아하니까. 유일하게 좋아하는 것이잖아. 이것만큼은 무감각한 네가 거의 유일하게 표현하는 것이라 좋았어. 그래, 그랬어. 손에 쥐어진 포크로 녹진한 케이크를 건든다. 위에서부터 아래로. 얇게. 한입에 넣기 좋게. 입 천장에 묻어. 핥아도 끝이 나지 않아. 언제쯤 끝이 날지. 느글거리는 속에 네가 주는 치즈케이크를 녹여 먹어. 반도 안 먹었는데, 벌써 위장에서 쏟아져 나오려 해. 삼키고 싶어도 삼켜지지 않아서. 몰래 벗어나. 뜨거운 위액과 함께 뱉어내. 혀에 남은 쓴맛에 살아있음을 느낀다.

조금 후회될 것 같긴 해. 암흑에서도 곁을 지키는 너에. 실은 그냥 방치였다는 걸 알아. 그렇지만 나를 떠나지 않았던 건 맞으니까. 이미 지난 환각을 그리워한다. 모든 관계에는 선이 있다. 너는 나를 관계가 아닌, 소유물로 보기에. 선을 보지 않는다. 그래, 내 말은 네가 선을 넘고 넘어 지우려고 한다는 거지. 보이는 거 다 알아. 모른 체 하는 거잖아.

흔히 팔지 않는 메리골드 차가 있는 곳의 향은 어지럽다. 수많은 꽃차의 향이 뒤섞이고. 시고, 달고, 쓰며,

짠 산미의 가벼움이 몸을 간지럽힌다. 연인들의 소음. 그라인더의 말. 향긋한 디저트. 디퓨저로 숨기는 곰팡이. 쌓인 먼지의 외침. 너의 웃음에 서린 거짓. 서로를 사랑하는 사이, 일방적으로 사랑하는 사이, 사랑하지 않는 사이. 우리는 어디에 속할까. 직접 사이를 정의하게 만든다. 마치 타기 직전 라즈베리에 설탕을 넣고 끓여 청으로 만들 듯이. 끔찍하게 타 더러운 찌꺼기가 되기 전에 정의한다.

형체 없는 지렁이 굴 앞에서 발걸음을 멈춘다. 너의 하루가 끝나고, 나의 하루가 시작된다. 이제 너에게 나의 선물을 전해줄 차례구나. 너의 구속을 버린 나의 여린 피부를 쓰다듬는다. 흉이 남은 손가락을 바라본다. 악몽이 나에게 준 선물이었다. 정의한 것을 깨트리는 것은 어중간한 것을 깨트리는 것보다 쉽다. 마치 어질러진 쓰레기를 따로 버리는 것보다, 쓰레기봉투에 모아진 쓰레기를 버리는 것이 쉽듯.

– 아마, 조금은, 사랑했어

인정하고 싶지 않은 진실이 깨진 유리병에서 흘러내린다. 거짓이라 믿고 싶은 진실이니. 이제는 받아들이기로 한다. 드디어 정의된 한마디를 흘려보내고. 너의 표정을 바라본다. 마음에 들었어? 너의 손에 더 이상

　　　　일단, 피폐물

잡히고 싶지 않아. 라즈베리가 아닌, 맑은 청이 되어 흘러내리고 싶은.

깨진 유리병. 흘러나온 썩은 라즈베리. 바닥에 떨어져 뒹군 라즈베리. 맨손으로 축축한 원물을 집어. 나오는 토를 입안 깊게 집어삼킨다. 송곳니에 긁히는 피부, 혀에 닿는 더러운 흙먼지. 억지로 먹은 치즈케이크와 함께 올라오려는 뜨거운 위액. 여린 살갗으로 피 터진 입술을 막는다. 베리 계열에 향수와 철분의 향이 함께 섞여. 지렁이 사체와 같은 향이 올라온다. 안녕.

– 안녕

검지와 중지가 스치는 감각. 찬 숨결을 견뎌. 힘없는 머리칼을 지나. 속눈썹이 축축한 손바닥에 닿는 간지러운 느낌. 끈적한 얼굴의 보드라움. 사랑했었을 너의 뜬 눈이 천천히 감기며. 더 이상 베이지 않는 손가락. 시고 쓴 과즙을 가진 라즈베리. 단맛을 찾으려 해도 먼 눈. 모든 것이 너의 안녕을 표한다. 마지막임을 외친다. 너와 나를 위한 선택이니. 네가 받아드리기를. 눈이 감긴 것을 확인하고도, 몇 번이고 확인하다, 드디어 손을 떼면 사라지는 너의 라즈베리. 라즈베리 뿌리는 여전히 남아있으니. 관목이 보이지 않더라도. 네가 준 깊은 흉의 뿌리는 남아있으니. 무너진 지렁이 굴 앞에

서 나를 기다리고 있을 너에게 애도를 표하며. 큰 파도
와 같은 악몽의 붉은 라즈베리의 과즙. 붉은 라즈베리.
라즈베리. 라즈베티.

　　　　　일단, 피폐물

정아람 작가의 말

〈라즈베리〉가 많은 해석의 여지를 남겨두는 작품이 되었기를 바랍니다. 저는 개개인의 상황에 따라 많은 의미를 가지는 작품이라고 생각합니다. 그 중, 저는 '너'를 어떻게 해석하셨을지 궁금합니다. 실제의 '너', '나'의 망상의 '너', 그리고 독자를 의도하여 써 내려갔기 때문입니다. 이 중에 어떤 것을 떠올리며 읽으셨을지, 아니면 다른 '너'를 생각하셨을지 궁금합니다. 당신의 '너'는 누구였나요?

'나'를 위한다는 명목으로 '나'를 통제하고 조종하는 상황. '나'는 '너'의 통제와 조종에서 벗어나려고 했습니다. 그래서, 벗어났을까요. 아쉽게도 우리는 알 수 없습니다. '나'는 '너'의 눈을 가렸습니다. '너'인 우리는 눈이 가려졌으니, 볼 수 없습니다. 아니, 먼저, 당신은 '너'였습니까? 짧은 소설 속에서 고통받는 '나'를 보고 어떤 기분을 느꼈을지 궁금합니다. 나를 보지 말고 떠나달라는 외침을 무시하셨을까요. 아니면, 무시하지 못하고 끝까지 보셨을까요.

글을 써 내린 저도, '너'의 눈이 가려진 뒤에 상황을 말씀드릴 수 없습니다. 실제의 '너', '나'의 망상의 '너', 독자를 의도하면서 써 내려갔지만, 다 쓰고 난 뒤에 '너'는 작가를 칭하기도 했습니다. 더 이상 보지 말아 달라는 외침을 뒤로 하고 계속 글을 이어가며, '나'라는 사람을 고통받게 했으니까요. 그래서 저는 '너'의 눈이 가려짐과 동시에 '나'의 미래를 함부로 예측할 수 없었습니다. 작가이기 전에, '너'이기 때문입니다.

불쾌한 글이 되었다면 성공한 글이라고 말씀드리고 싶습니다. 불편하고 불쾌하기를 바랐습니다. 멀리서 바라보는 처지가 아닌, 가장 가까운 곳에서 바라보는 처지가 되기를 원했기 때문입니다. 지치고 쇠약해지는 과정, 또는 상황을 유흥으로 즐기는 것이 과연 맞을까. 허구임에도, 한 인물이 고통받는 것을 유흥을 위해 보는 것이 맞을까. 이 질문들에 저는 아직 답을 내리지 못했습니다. 그래서, 묻고 싶습니다. 멀리서 바라보는 처지가 아닌, '너'로서 '나'를 지켜보는 것이 즐거웠는지. 이 행동이 맞다고 느껴졌는지.

부디 불편하고 무거운 시간이었길 바랍니다.

안녕하세요. 《일단, 피폐물》로 인사드릴 수 있어 기쁩니다. 아직 작가로 불릴 수 있다는 것이 어색합니다. 글을 쓰는 것이 좋아, 글을 쓰다 보니, 작가라는 꿈을 꾸게 되었고, 작가로 불릴 수 있게 되었습니다. 이런 기회가 있다는 것에 감사한 순간입니다.

첫 소설부터 어두운 소재를 다루게 되었습니다. 피폐, 가스라이팅, 고통을 다루는 것은 어려웠습니다. '너'의 복합적 의미와 열린 결말과 동시에 독자의 해석할 시야를 뺏어, 닫힌 결말로 만들고 싶었습니다. 의도했던 것이 잘 작용했기를 바랍니다. 또한 이런 글을 써도 되는지에 대한 고민도 들었습니다. 비판을 위해 쓴 글이 도리어 그 의미를 잃고 오로지 유흥으로만 쓰일까, 또는 부정적인 의미로만 해석되고 소비될까. 그러나, 믿어보기로 했습니다.

〈라즈베리〉는 급체로 시작되었습니다. 울렁이는 속, 어지러운 두통, 이유 모를 불안, 다시 돌아온 것이기에 아직은 어색하고 불편한 공간. 그 순간의 감각을 담는 것부터 시작했습니다. 그때는 그 급체의 글이 〈라즈베리〉가 될 줄 몰랐습니다. 아직 공동 저서의 주제도 안 나왔을 때였으니까요. 공동 저서의 주제가 '피폐'가 되면서 순간의 감각에 살이 덧붙여지고 이유와 의미가 섞여 만들어졌습니다. 아마 그날 제가 급체를 하지 않았거나, 그 공간에 가지 않았더라면 나오지 않았을 소재이겠지요. 그래서 더 신기합니다.

아직도 제 글이 실린 책이 나온다는 것이 어색합니다. 내 이름, 또는 가명으로 한 권의 책이라도 낼 수 있을까 고민하던 것이 엊그제나 다름없습니다. 민감하지만 중요한 소재로 볼 수 있어서 감사합니다.

부족하지만 읽어주셔서 감사합니다.

‘나’를 위한다는 명목으로 ‘너’에게 통제당하고 조종당하는 모든 ‘나’들이 자신의 하루들을 볼 수 있기를 바랍니다.

 일단, 피폐물

편집장의 말

김대겸

'일단' 시리즈의 두 번째 편이 나왔습니다. 〈일단, 학원물〉에 이어 〈일단, 피폐물〉이 같은 해에 나올 수 있었던 것은 우리 청소년 작가들의 열정과 작품 출간에 대한 진심이 강렬했기 때문입니다. '일단' 시리즈는 '일단 써보자!'라는 의미가 담겼습니다. 나 자신이 아직 어떤 장르에 흥미가 있는지, 설령 흥미가 있더라도 재능과 필력이 되는지는 아직 모르는 때입니다. 눈맞춤 청소년 작가단은 이런 한계를 벗어나 이것저것 시도하기 위해 '일단' 시리즈를 기획하고 시리즈마다 공동 저서에 참여할 사람을 구성해 도전하고 있습니다.

이번에는 '피폐물'입니다. 피폐물은 받아들이는 사람에 따라 어감과 상상되는 내용이 달라지기 마련입니다. 무조건 잔인, 잔혹한 소재만 다루는 것도 아니고, 그렇다고 기존의 스릴러물은 또 아닙니다. 읽었을 때의 무언가의 찝찝함, 답답함, 먹먹함 등 말로 다 이루 말할 수 없는 그 감정을 담는 것이 피폐물입니다. 전통적으로 있는 장르는 아니지만, 요즘 청소년 세대에서 자주 이야기되고 읽히는 분류이며 웹소설 장르로 부각되고 있습니다.

처음에 작가단 자치기구내에서 이번 공동 저서 주제 안건 회의를 통해 '피폐물'로 선정했을 때, 솔직한 마음으로 '이게 괜찮을까?' 싶었습니다. 하지만 저의 걱정은 기우에 그쳤습니다. 청소년들은 피폐함을 끌어올리기 위해 무작정 자극적인 소재만 사용한다든지, 무책임하게 글을 써 내려가지 않았습니다. 어떤 청소년은 사서 선생님께 찾아가 자신의 원고를 보여주며, 이게 사회에 잘못된 영향을 끼칠지 걱정하며 상담을 받고 검토하고 했습니다. 누구는 꼭 잔인한 소재를 사용하지 않더라도 충분히 피폐물의 맛을 느끼게 할 수 있다고 자신 있게 글을 썼습니다. 저는 이런 모습을 곁에서 바라볼 때, 요즘 도파민으로 절여져 있는 세상에서 참 다르게 움직이는 청소년들이라고 감탄하고는 합니다. 이미 이들이 '피폐물'이라는 장르로 세상에 어떤 메시지를 내고 싶었는지는 작품에 충분히 묻어났다고 생각합니다.

'일단' 시리즈가 언제까지 이어질지, 어느 장르까지 나아갈 지는 감히 예측하기 어렵습니다. 그만큼 독자 여러분의 큰 응원과 지지가 필요합니다. 작가단의 구성원은 매년 바뀌겠지만, 청소년 목소리를 세상에 당당히, 또 작품으로 내세우는 역할을 청소년자치공간 달그락달그락과 청소년 출판 브랜드 틴밀은 노력할 것입니다. 저희는 많은 응원과 관심으로 사랑해 주시길 바라는 마음을 담아, 이 책을 세상에 내보냅니다. 감사합니다.

일단, 피폐물

지은이 박시연, 정아람, 정다연, 전승훈
기 획 눈맞춤작가단
활 동 청소년자치공간 달그락달그락

편 집 김대겸
표 지 원예령
제 작 청소년자치연구소
총 괄 정건희

펴낸이 김대겸
브랜드 틴밀(Teenmill)
발행처 책방앗간
등 록 2023년 6월 21일 제2023-000001호
주 소 충청남도 서천군 장항읍 장서로43번길 46
홈페이지 http://www.youthauto.net/
전자우편 bookmill@kakao.com

ISBN   979-11-984554-4-4 (03810)

초판 1쇄 발행 2026년 2월 1일

이 책의 전부 또는 일부 내용을 재사용하려면 반드시
사전에 저작권자와 출판사의 동의를 받아야 합니다.